btb

Aus Freude am Lesen

Schmetterlinge, Feigen- und Mandelbäume, die üppige Großzügigkeit der mediterranen Landschaft samt immerwährender blauer Augusthimmel in Dalmatien sind in Marica Bodrožić' Erzählungen tief verknüpft mit der Zeit der Unschuld, die zu jeder Kindheit dazugehört. Diese Zeit spiegelt sich in der Figur des Großvaters, eines Dorfglöckners, der Koch bei den Partisanen war und der sich am Ende des Zweiten Weltkrieges weigerte, deutsche Gefangene zu erschießen. Als er stirbt, geht die Epoche des jugoslawischen Friedens zu Ende und der Krieg bricht aus. Dennoch liegt in diesen Geschichten über allem die flimmernde Luft des Sommers wie eine beschützende Hand.

Marica Bodrožić wurde 1973 in Svib/Dalmatien, dem heutigen Kroatien geboren. Sie lebt seit 1983 in Deutschland und schreibt Gedichte, Romane, Erzählungen und Essays. Für ihre Bücher erhielt sie zahlreiche Preise und Stipendien, darunter den Förderpreis für Literatur von der Akademie der Künste in Berlin und den Kulturpreis Deutsche Sprache und 2013 den Preis der LiteraTour Nord. Marica Bodrožić lebt als freie Schriftstellerin in Berlin.

Marica Bodrožić

Tito ist tot

Erzählungen

btb

Das Buch ist 2002 in Frankfurt am Main zum ersten Mal erschienen.

MIX
Papier aus verantwortungsvollen Quellen
FSC® C083411
FSC
www.fsc.org

Verlagsgruppe Random House FSC® N001967
Das für dieses Buch verwendete FSC®-zertifizierte
Papier Lux Cream liefert Stora Enso, Finnland.

1. Auflage
Genehmigte Taschenbuchausgabe September 2013,
btb Verlag in der Verlagsgruppe Random House GmbH, München

Umschlaggestaltung: semper smile unter Verwendung eines Motivs
von @ Getty Images/ Flickr/ Nicole Kucera
Druck und Einband: CPI – Clausen & Bosse, Leck
KS · Herstellung: sc
Printed in Germany
ISBN 978-3-442-74350-6

www.btb-verlag.de
www.facebook.com/btbverlag
Besuchen Sie auch unseren LiteraturBlog www.transatlantik.de

Tito ist tot

Tito ist tot

Im Dorf sprach man seit Tagen über nichts anderes mehr. Der Fernseher lief heiß, und Großvater begriff nicht, weshalb ein Mensch, der doch soeben gestorben war und den man bereits unter die Erde gelegt hatte, auf dem Bildschirm hin- und herlaufen konnte. Was in Großvaters Kopf vorging, ob er diese Erscheinung Titos in die Welt der Magie, der Engel und der Teufel verbannte oder ob er sie als ein Mysterium der modernen Welt wahrnahm, werde ich nie erfahren.

Ich weiß nur, daß ihn die flimmernden Bilder irritierten. Insbesondere jene berühmten Liebesszenen in amerikanischen Filmen, die ihn wie ein pythischer Wasserfall überrollten. Eine Kußszene auf dem Bildschirm fand für ihn tatsächlich statt, und er schimpfte über die Unverfrorenheit der Frauen, die sich nicht darum scherten, daß er ihnen beim Küssen zusah. Diese verteufelten Lippen, die sich nicht mehr voneinander zu lösen schienen, kamen in seinen Augen einer Entweihung gleich.

Mein anfängliches Glucksen über Großvaters Unwissenheit verstummte bald. Auf seine Frage, was denn die Bilder anderes als die Wahrheit selbst seien, fiel mir nichts ein. Konnte diese Kußszene denn etwas anderes bedeuten? Gab sie wirklich nur vor, echt zu sein, und hielt sie denn das Versprechen nicht?

An diesem Tag waren die amerikanischen Kußszenen vom Bildschirm verschwunden. Man ersetzte sie durch rote Nelken, durch Generäle und schwarz gekleidete Nachrichtensprecher, durch Kinder, die Gedichte für den Herrn Josip auswendig lernten und ihre niedlichen Köpfe vor Tausenden von Kameras reckten. Die stolzen Mütter weinten und putzten sich synchron die Nasen, die von der ständigen Reiberei wund geworden waren. Der Tod des Genossen hatte sie – *hatte uns alle* – in tiefe Trauer gehüllt.

Josip Broz-Tito war tot: der Mann, der mit seiner riesigen runden Brille in meinem Klassenraum hing und dessen Bild ich als Anstecker bei meiner Pionierseinweihung erhalten hatte, zusammen mit dem partisanenartigen Mützchen, dem roten Stern und dem roten Halstuch. Sein durchdringender Blick schmückte jedes Schusterlädchen, jeden noch so blutigen Metzgerladen, jedes verstaubte Lehrerzimmer eines weltvergessenen Bergdorfs, jedes Einkaufszentrum, jedes Amtszimmer und jedes Schulzimmer. Niemand sollte die ruhmreichen Schlachten »unserer Männer« vergessen, die sich mutig dem Feind entgegengestellt und ihn nicht nur mit ihren Waffen, sondern mit dem Herzen besiegt hatten, als sie unerschrocken den Tod des Faschismus und die Freiheit des Volkes forderten.

Großvater bekam es in den frühen Nachrichten mit und rief mich in die Wohnküche. Auf allen Kanälen war Tito zu sehen. Er wurde innerhalb von wenigen Stunden zum einzigen Bild der Nation; das Passepartout bildeten schmale, trauernde Gesichter.

Aus aktuellem Anlaß reagierte auch das Radio: Meine Lieblingssendung fiel aus. Statt dessen sollte es einen Sonderbericht über Titos Leben und Wirken geben, ausgerechnet am Sonntag, dem Tag, an dem ich meine geheiligte *Wünsche- und Grüße*-Sendung der dalmatinischen Matrosen und Seefahrer hörte. Die schönen Mandolinen-Lieder gingen mir an diesem Nachmittag unwiderruflich verloren.

Mein Großvater schaute mit einem blinden und einem sehenden Auge gebannt auf den Bildschirm. Beunruhigt nahm er mehrmals seine Mütze vom Kopf, nur, um sie sogleich wieder aufzusetzen. Immer wieder gab er kopfschüttelnd ein kurzes, fast gezischtes *Tss Tss* von sich. Jetzt werde der Teufel die ganze verdammte Menschheit in die Knie runterreiten und alles sei umsonst gewesen. Umsonst habe er im Zweiten Weltkrieg den Soldaten die Suppe gekocht, weil er dachte, das sei der letzte Krieg, zumindest für die nächsten hundert Jahre. Damals hat sich ein Soldat, für dessen Kompanie Großvater eingeteilt war, geweigert, zwanzig Soldaten zu erschießen, die plötzlich aus dem Nichts aufgetaucht waren. Ich habe nie begriffen, auf welcher Seite diese Gefangenen waren und auch nicht danach gefragt, weil schon die Vorstellung von ihrer Exekution überhand nahm und mich das Bild, das Großvater stets aufs neue beschrieb, in Bann schlug. Der Kommandant mußte am Ende selbst die Gefangenen erschießen, nachdem auch der Koch sich seine Hände nicht hatte schmutzig machen wollen. Die Verweigerer konnten sich diesem willkürlichen Massaker – es geschah in den letzten Tagen des Krieges – nicht entziehen; sie hatten die Wahl, entweder Zuschauer des einseitigen Vergnügens eines Durchgedrehten zu werden oder sich neben die zwanzig anderen Männer an die Wand zu stellen. So hörten alle Anwesenden die Namen der zum Tode Verurteilten. Der verrücktgewordene Kommandant befahl ihnen, einzeln vorzutreten und laut ihre Namen zu sagen. Bevor die schnell abgefeuerten Kugeln in ihren dünnen Bäuchen landeten und die ausgehungerten Körper wie Mücken zu Boden fielen, hörte man ein letztes Mal ihre Stimmen.

Später ist es zu einer der seltenen Verurteilungen gekommen. Der Kommandant traf bei Gericht auf seinen Kompanie-Koch, meinen Großvater, der die Namen der zwanzig Toten wie in Trance aufsagte. Auch zu Hause hat er ihre Namen wiederholt und dabei ungerichtet in die Ferne gesehen. Erst in der Rückschau habe ich seinen unruhigen, schweifenden Blick deuten können und erst dann verstanden, warum er Titos Tod, bei allem Zweifel an der unantastbaren Größe des Marschalls, als einen wirklichen Verlust empfand. Noch später begriff ich, wie deutlich sein Körper das Unglück vorausgefühlt haben muß, denn schon bald sollte wieder ein Krieg ausbrechen und nicht nur diejenigen trennen, die sich haßten, schlimmer: auch jene, die sich liebten. Warum das so war? Weil der Krieg Nichts und Niemanden verbindet.

Ich hörte im Dorf, Tito hätte die Menschen gezwungen, miteinander zu leben, und jetzt würden sie Rache üben. An der Politik und am Feind, an allen, die ihnen das Leben schwergemacht hatten. So war ich nicht überrascht, als ich las, die Albaner hätten nach dem Tod Enver Hodschas als erstes die staatlichen Pflaumenbäume gefällt und ihre Rache unwiderruflich in die eigene Landschaft gemalt. Öde Graswüsten lagen nun dort, wo früher von der gegenüberliegenden Grenze aus Baumplantagen zu sehen gewesen waren. Jetzt blickte man nur auf fades Gestrüpp, auf die breiten abgesägten Stämme – Zeugen einer Zeit, der kein Überleben vergönnt sein sollte, schon gar nicht in den Pflaumenbäumen.

Ich war ein neugieriges Kind, und wenn Großvater keine Geschichten erzählte, dachte ich mir selber welche aus. Meiner Phantasie entging nichts. Selbst die Russen waren nicht sicher vor mir; ich scheute mich nicht, unserer Nachbarin Svetlana Rodenska einen Apfel, den ich am Morgen aus ihrem Garten gestohlen hatte, als Beweis für russischen Besuch unter die Nase zu halten und ihr von Soldaten zu erzählen, die nachts das »Gelände« – ein Wort, welches ich bei Großvater aufgeschnappt hatte – abgesucht und »in dieser Sache« nur mich ins Vertrauen gezogen hätten.

In Loncari, einem Teil unseres Dorfes, in dem nur hartgesottene Parteigänger wohnten, flossen die Tränen bis in die Adria hinein, wie man es sich unter meinen patriotischen Verwandten noch lange nach Titos Tod erzählte. Die Roten liebten ihn sehr, den Tito. In der Schule schaute der Marschall immer noch auf uns und unsere blauen Uniformen herunter. Seine riesige Brille sah auch an diesem Tag so aus, als ob sie runterrutschen und auf den glattpolierten Fliesen zersplittern würde. Man rief uns zusammen, um fünf Schweigeminuten einzulegen. Die ganze Schule versammelte sich in einem langen dunklen Flur, der die zehn Klassenräume miteinander verband und auch im Winter nur spärlich beleuchtet war. Auf diesem Flur wurde jetzt gemeinsam geschwiegen. In der Stille turnten die Gedanken nur so herum, und ich merkte rasch, daß mein Unmut über die vielen Tito-Bilder im Fernsehen nicht von allen Schülern geteilt wurde. Die meisten waren ernst, und einige wischten sich verlegen die Tränen von den Wangen. In ihren Gesichtern schien sich eine bekennende Stille verkrochen zu haben, so, als hätten sie Schuld an Titos Tod.

Ich senkte den Kopf und sah auf die weißen Seidensöckchen, die unter dem Uniformrock meiner blauen Pionierskleidung hervorschauten. Daß die Söckchen neu waren, hatte bei dem ganzen Trubel noch nicht einmal die aufmerksame Matilda bemerkt. Die Matrosen erwähnte ich erst gar nicht. Ich wußte, daß sie draußen waren und irgendwo auf dem tiefen Blau des Meeres an ihrem Radioknopf drehten; daß sie Grüße erwarteten, sich Lieder erhofften, die sie in die Häfen ihrer Geburtsstädte zurückbringen würden, in die Arme der Geliebten, der Frau oder der Mutter. Aber was mußten sie hören. Die Genossen Radiosprecher berichteten heiser und gehetzt von einem Staatsmann, der keiner mehr war, weil er längst schon unter der Erde lag und auch sein Amt nicht mehr ausüben konnte.

Wie gewohnt ging ich auch an diesem Tag nach Hause und erzählte Großvater von der verordneten Schweige-Zeit. Er hörte nur still zu und erwiderte kein einziges Wort. Wie beiläufig sagte er ein paar Tage später: »Hör mal, die Leute aus Loncari, sag ihnen nie ›Grüß Gott‹, sie wollen lieber mit ›Guten Tag, der Genosse‹ begrüßt werden.«

Fortan hatte ich jede Menge damit zu tun, die Menschen aus den verschiedenen Ecken des Dorfes voneinander zu unterscheiden und sie mit den richtigen Worten zu begrüßen. So begannen der ehrfurchteinflößende Gott, der liebe Jesus und der gute Genosse in meinem Kopf durcheinander zu wirbeln, bis ich eine schöne neue Bricolage daraus gemacht hatte. Den Genossen Veljko begrüßte ich mit einem fröhlichen: »Grüß' Tag, Herr Genosse Jesus, wie geht's ihrer schönen Frau von der Küste?« Herr Veljko hatte nämlich eine Adria-Schönheit, die Frau Marijana, geheiratet und war mächtig stolz auf seine Süße. So jedenfalls erzählten es sich die alten Männer meines Dorfes.

Genosse Veljko hat mir nie etwas getan. Aber es ist sicher wahr, daß er nicht gerade ein zartes Wesen hatte; in jedem Dorf gibt es schroffe, herzlose Menschen. Eines Tages wurde mir klar, warum sich manche der Dorfbewohner so über ihn geärgert hatten. Ich hörte den Genossen, wie er auf der Landstraße barsch mit seiner Frau redete. Als sie zu ihm sagte, die andere Seite sei auch in ihrer Brust, sah ich im Vorbeigehen, wie sich über sein Gesicht ein Schleier legte. Sie komme ja schließlich von dort her, fuhr Marijana ungeachtet seines Unmuts fort, das Herz schlüge nun mal in ihrem besonderen Fall auf der linken und auf der rechten Seite zugleich.

Damit stand Marijana nicht allein. Es gab viele, deren Herz auf beiden Seiten schlug. Dennoch oder gerade deshalb haben die Häuser gebrannt, und in den Kellern der Geflohenen fanden sich Bücher, die man angesichts der flammenden Welt als gefährlich einstufen mußte. Nichts ging unter in dieser Zeit, niemand war ein Freund des einen oder des anderen, und es hatte keine Bedeutung, dem Nachbarn Verständnis entgegenzubringen, weil er eine Vorliebe für russische oder deutsche Literatur gehabt hatte. Welche Art von Literatur ihm nah war, davon zeugte seine verlassene Bibliothek. Jeder war neutral geworden, ohne Geschichte, ohne Biographie; merkwürdig genug, daß dabei ein »nationales Gedächtnis« bewahrt wurde. Sicher lag das an den Augen des großen Bruders, denn wieder einmal bewachten sie das Geschehen. Auch wenn sie jetzt einem anderen Herrn gehörten, es waren die üblichen großen Augen, nur daß er jetzt einen anderen Namen trug.

Die alte Desanka ist über all diesen Feuern verrückt geworden. Sie hatte in der Gaststätte ihres Sohnes mit den Männern Billard gespielt, bevor diese in die Berge abzogen und lange Zeit dort blieben, Männer, die nach Wochen wiederkamen und nicht mehr wußten, wer zu wem gehörte und warum die Felder nicht wie sonst bestellt worden waren. Einer der Rückkehrer, ein junger Mann mit Vorliebe für Rockmusik und mit einem atheistischen Gemüt, ist strenger Katholik geworden, der sonntags der heiligen Hostie entgegenlebte. Selbst wenn Desanka nicht verrückt geworden wäre, ihr Billardspiel wäre das sichere Zeichen einer Veränderung gewesen, und wahrscheinlich hätten sich die Dorfbewohner innerhalb kürzester Zeit darauf geeinigt, daß mit ihr etwas Wesentliches nicht stimmte, was auf das Gleiche hinauslief. So aber schaute man auf die jungen und die alten Männer, die selbst immer merkwürdiger wurden und einander absurde Aufmunterungen zuriefen und Sätze sagten wie, lass uns in den Bergen einen

Kaffee trinken oder eine Runde Boccia spielen, das wärs jetzt. Jeder wußte, daß es seit Monaten keinen Kaffee mehr gab und an die Boccia-Kugeln selbst der eingefleischteste Küstenbewohner nicht mehr dachte. In den Bergen schon gar nicht, wo in ruhigen Zeiten nur die hungrigen Wölfe einander begegneten, wo aber jetzt Kanonenschüsse selbst diese alten Heuler, die an Kriege wie an den Regen im Winter gewohnt waren, verjagt hatten. Im Grunde war es für Desanka die beste Zeit, verrückt zu werden.

Die Porträts von Tito sind endgültig verschwunden und wurden von neuen Gesichtern abgelöst. Die Männer, die seine Stelle eingenommen hatten – Fleischerläden und Schulräume gab es ja noch immer – sahen ihrem Vorgänger unerwartet ähnlich. Der wissende Blick über den Köpfen der Menschen verband die neuen Herrscher miteinander. In der Höhe der Räume bauten sie sich mit ihren immergleichen Bildern eine Brücke über die Welt. Und die Brücke erwies sich als ein geeigneter Ort: von hier aus war alles überschaubar.

Zu allen Zeiten hat man sich Geschichten erzählt. Auch jetzt, wo die neuen Brückenbewohner ins Land gezogen waren, konnte es nicht anders sein. In einer dieser Geschichten heißt es, im Kabinett der Hauptstadt säßen Männer, die in jenen Tagen, als der Kaffee knapp und Desanka verrückt geworden war, mit Totenköpfen Fußball gespielt hätten. Diese Lakeien sind die Brückenpfeiler für jene großäugigen Herrscher, nach deren Willen ganze Landstriche in Blut ertränkt wurden und die dir später, ohne mit der Wimper zu zucken, das Rot des Todes als Pfingstrosenfarbe verkaufen.

Großvater hat sie nicht in ihrem Element erlebt, die neuen Alleskönner. Er hat sich ihnen von Anfang an entzogen und ihre lächerlichen Namen nie gelernt. Ob es seine Absicht war oder nicht, er ist nie vertraut mit ihnen geworden und hat sie, zum Vergnügen, aber auch leider, und das war eher die Regel, zum Spott aller Gasthausbesucher, gänzlich falsch ausgesprochen. Als ihre Fahnen gekommen sind, ist Großvater gestorben. So schmerzlich sein Tod war, so gut war sein Zeitpunkt.

Der vieläugige Schmetterling

Lange Zeit glaubte ich, das Erbe meiner Kindheit würde in einem einzigen Wort münden, in jenem Fluch meiner Mutter, der mir Blindheit prophezeite. In einer Welt, wo die Landschaften von verwinkelten Tälern und abgelegenen Dörfern bestimmt wurden, durch die Marienprozessionen zogen, war dies keine Angelegenheit, die man zu entscheiden oder zu beraten hatte. Schicksal, das noch am wenigsten mythische Wort, hing über den Holzfiguren der Kirchen, die einfache Bildhauer angefertigt und stellenweise mit spanischem Grün angemalt hatten. Der Samt der den Winter über in Kellerräumen des Pfarrhauses verstauten Baldachine roch nach alter Zeit. Wenn das Licht über die Schultern der Kirchenhelferinnen fiel, glaubte man Grünspan um die Münder der heiligen Familie zu sehen – Grünspan, der sich langsam aber stetig, den Bewegungen der Menschen folgend, die sich gerade über sie beugten, in Richtung Nase und Augen ausbreitete. Er würde auf das ganze Gesicht überspringen, welches unter dem ungeheuren Flechtwerk zu verschwinden drohte. Wenn der Sommer sich ankündigte, und das geschah schon in den ersten Apriltagen, gingen die Frauen ins Pfarrhaus, putzten, polierten und entstaubten die heiligen Objekte und trugen sie nach draußen an die frische Luft.

Mit den ersten sonnigen Tagen sah man auch das Grün der Wiesen in all seinen Abtönungen besser. Ganze Gärten, die es nicht mehr zu bearbeiten lohnte, weil die Erde unfruchtbar geworden war, überwucherte grünglänzender Klee. Hier versuchten die Kinder nach der Schule, vierblättrige Pflänzchen ausfindig zu machen, und auch ich hielt selbstvergessen nach einem solchen Einzelstück, manchmal Stunden lang, Ausschau. Ich erinnere mich nicht mehr, ob ich immer umsonst suchte oder auch mal eines fand. Was mir im Gedächtnis geblieben ist, hat mit der allmählich gewonnenen Erkenntnis zu tun, daß das Glück, ein vierblättriges Kleeblatt zu finden, wohl darin bestand, es in der eigenen Hand zu halten, es aus der unübersichtlichen Kleeschar befreit zu haben. Einzeln gewannen sie an Bedeutung. Irgendwann erschien mir die Suche sinnlos, und ich gab sie auf. Nicht aber das vom Klee ausgesendete Glück. Das Glück blieb auch weiterhin ein Beweggrund, sich in der Nähe der Kleefelder aufzuhalten. Sollte es ein solches Blatt, fuhr es mir durch den Kopf, tatsächlich geben, dann müßte es ja schon von sich aus, seiner bloßen Anwesenheit wegen, eine Wirkung haben. Und weil die Suche so schwierig war, beschloß ich, das Glück nicht länger im schwirrenden Grün der Wiese zu suchen. Den Klee frevlerisch entmachtend, stellte ich mir vor, ich selbst sei ein Kleeblatt mit vier wohlgeformten Ausfurchungen, und legte mich mitten in die Wiese. So kam es, daß ich zu den Blumen wie zu Menschen Vertrauen faßte. In den hinteren Ländereien meiner Großeltern herumstreifend, bekam ich die Maiglöckchen zu Gesicht. Zwischen kunstvoll aufgeschichteten Steinmauern und hochgewachsenen Grashalmen, Löwenzahn und Sauerampfer, angepflanztem Mais und Kartoffeln, sah ich sie zum ersten Mal.

Wenn ich später Blumen zeichnete, waren es – anfangs ist es mir noch nicht aufgefallen – immer diese ersten Maiglöckchen, die sich mit ihren nußfarbenen Streifen und den zarthängenden Glocken an einem lichten Ende des Gartens zur Blume der Blumen erhoben. Es war nach Ostern, und in der Ferne der aufkommenden Tageshelle, ich war an der Reihe, die Kühe zur Tränke zu führen, hörte man den Glöckner seine Morgenarbeit verrichten. Es hallte von der kleinen mittelalterlichen Steinkirche herüber, um die man in Urzeiten einen heidnisch unordentlichen Friedhof angelegt hatte. Von den geschwungenen Bäuchen der Maiglöckchen perlte der Tau ab und verlor sich rasch in der dichtgewachsenen Wiese. So lange ich konnte, folgte ich mit dem Blick der herabfallenden Tauperle. Verlor ich sie aus den Augen, versuchte ich sie zwischen den Gräsern und Stengeln wiederzufinden.

Diese Tage sind im Nichts verschwunden, verschluckt von einem Gedächtnis, das sich auf den Krükken der Vergangenheit wieder zu bewegen begann, als Mutter zu Boden stürzte und von heute auf morgen, mit wirren Augen, von meiner Blindheit sprach. Ich sah ein wanderndes Körnchen vor meinem rechten Auge. Durch das Körnchen hindurch konnte ich nichts erkennen, es war sehr klein, ein Pixel, mehr nicht, und zudem von schwarzer Farbe.

Mutter hat mir immer wieder die Geschichte von der Telefonzelle erzählt, von der peinigenden Not, nicht mehr gewußt zu haben, woher sie gekommen sei. Schwärze vor den Augen habe sie langsam eingehüllt, wie eine Seidenfahne sei die Dunkelheit gekommen und danach der Sturz. Diese Geschichte ist auch deine Geschichte, wiederholte sie, auch mich hat nur ein Erbe erreicht, das mir bestimmt war.

Ich hatte verstanden, daß man auch Worte beerben muß. Ihre Schwere war mein Sprachmund geworden, der sich ins eigene Reden hineinstellte. Erst spät warf er die Frage auf, ob es Begräbnisse für Wörter geben kann und ob die Trauer um sie die Erinnerung entläßt, sie entmachtet oder einfach nur namhaft macht.

Was aber hieße es dann, an den Grünspan, an die heiligen Münder zu denken, die in den Sommern meiner Kindheit einen Spaltbreit geöffnet waren und den Staub der heißen Julitage schluckten, als man daranging, sie für die Prozessionen herzurichten. Mit ihren apfelbäkkigen Wangen überragten die Figuren mich und mein arbeitendes Gedächtnis. Das Rosenrot ihrer Wangen hat auch Mutter gesehen. Vor den großen Karfreitagsprozessionen ermahnte sie mich, nichts anderes als die Füße Jesu zu berühren und auch nur sie zu küssen. Füße, in denen ein langer Nagel wie der Pfeiler einer vergessenen Brücke steckte, die einmal mit viel Mühe errichtet worden war. Eine lange Menschenreihe bildete sich im mittleren Kirchenschiff, an dessen Ende befand sich der Altar und vor ihm das lebensgroße Holzkreuz, auf das sich alle schrittweise zubewegten. Man hörte Geldscheine knistern (die Enttäuschung war groß, als ich eines Tages entdeckte, daß der Priester sich davon sein Essen kaufte), sie landeten vor den Füßen Jesu und bildeten einen Berg. Wenn man ihm die Zehen geküßt und sich bekreuzigt hatte, sah man erst, daß auch ganz große Scheine dabei waren.

Einmal legte ich meine Hände an seine Waden,

täuschte eine zufällige Berührung vor, wollte spüren, wie es ist, verbotenes Jesusfleisch unter den Fingern zu fühlen. Nichts geschah. Von da an weigerte ich mich, in der stillen Menschenreihe anzustehen und darauf zu warten, von Jesus enttäuscht zu werden. Selbst Mutter hat es nicht geschafft, mich von meiner Weigerung abzubringen.

Als die Erinnerung an jene Zeit aufkam, in der die Schuld, die Sünde und die Strafe vom Geruch der Blumen und dem bebenden Sprechen meiner Mutter überlagert wurden, ahnte ich nicht, daß das schwarze Körnchen wieder auftauchen und ich vor Mutter stehen würde wie vor einem dunkelbehäuteten Wald. Die Bäume begannen zu schweben. Die Weite der Landschaft verschwand im sich immer schneller ausdehnenden Schwarzkörnchen. Die Täler versanken im Nebel. An dem Tag, an dem Mutter von der Telefonzelle nach Hause kam, nahm ich den wandernden Punkt in die Hand und warf ihn in den Fluß.

Ich habe lange auf den Fluß geschaut und das sonnige Glitzern des Wassers in seinen eigenen Spiegelungen betrachtet. Wie damals, über die Maiglöckchen gebeugt, folgte ich auch jetzt einer Perle, die sich im Raum verlor. Dieses Mal konnte ich den schwarzen Tau genau erkennen. Er verschwand immer schneller, ich behielt ihn im Auge, bis es ihn nicht mehr gab. Aber so lange sah ich ihm nach, vielleicht noch länger.

Ich kam nach Hause zurück, und in meinem Zimmer flogen Hunderte von Schmetterlingen herum, deren Namen ich zu lernen begann. Ein Brief, wie jene Postkarte aus dem »lieblichen Tale«, »keine Bütte«, lag unter meiner Tür. Er war von Mutter und enthielt keinen Gruß, keine Anrede. Ein einziger Satz füllte das weiße Blatt: »Ich ließ sie dir aus einem fernen Land zufliegen, als bunte, vieläugige Begleitung für die weiten Strecken, nach Asien, Afrika, Australien. Dein vieläugiger Schmetterling.« Es war gut zu wissen, daß meine Blindheit im Fluß schwamm und die Zeit des Reisens gekommen war.

Mein Onkel Joseph

Mein Onkel Joseph heißt gar nicht Joseph. Ich allein nenne ihn so, weil er ein Trinker ist. Eigentlich heißt er ganz anders.

»Einmal Gastarbeiter, immer Gastarbeiter«, sagt er zu mir, wenn ich ihn sonntags in seinem fünfzehn Quadratmeter großen Zimmer besuche. Auch wenn das Wort *Gastarbeiter* aus der Mode gekommen ist und man jetzt von ausländischen Mitbürgern spricht, ändert das nichts am Leben meines Onkels. Er steht, den starken Mann spielend, seit Jahr und Tag am Büdchen, einem Kiosk, der sich innerhalb kürzester Zeit zu einem passablen Supermarkt entwickelt hat und wo man jetzt vom türkischen Rotwein bis zum Brillenputztuch alles kaufen kann.

Am Büdchen trinkt mein Onkel seine Biere und Schnäpse. Seine dicke Brille, ich glaube, es ist die dickste, die es überhaupt jemals auf der Welt gegeben hat, nimmt er niemals ab. Obwohl er von den anderen Gastarbeitern als blindes Huhn verlacht wird, steht er zu seinen kugeligen blauen Augen und vermag das Gegröhle mit seinen beispiellos ausgeprägten Muskeln zu unterbrechen, indem er einfach alles nicht Hochhebbare in Sekundenschnelle in die Höhe stemmt. In diesen Augenblicken ist die Luft dicker als an jedem beliebigen Kiosk weit und breit. Die anderen Männer hören auf zu lachen. Das einzige, was sie beeindruckt, ist nun mal Kraft.

Mein Onkel Joseph ist ein schwerer Trinker. Das tut

aber seinem Ruhm als stärkstem Steineschlepper auf deutschen Baustellen keinen Abbruch. Er beweist seine Kraft jeden Tag aufs neue. Den einen oder anderen Leistenbruch tarnt er als schwere Erkältung, die sich nun in den Nieren festgesetzt habe. Und dann geht es nach der Genesung weiter. Jeden Tag. Auch im Winter, in der Schlechtwetterzeit.

Mein Onkel Joseph ist ein einsamer Mann. Seine Frau Maša lebt mit den Kindern in Slavonien und läßt nur von sich hören, wenn sie Geld braucht. Dann piepst und säuselt sie in die Telefonröhre und schickt Küsse via Expressbrief.

Tante Maša ist eine schöne Frau mit einem vornehm blassen Teint. Vor allem nach dem Arbeitsaufenthalt meines Onkels im Iran hat sie ihre augenfälligen Reize einzusetzen gewußt. Alle Scheine, die er unter der heißen Sonne Teherans verdient hatte, lösten sich in ihren Händen wie in Luft auf. Deshalb mußte mein Onkel noch einmal auf Arbeitsreise gehen: in ein anderes Land, und das hieß Deutschland. Man suchte damals Menschen, die als Gäste arbeiten und dann wieder dahin zurückreisen sollten, wo sie hergekommen waren. Mein Onkel Joseph hätte gar nicht gewußt, wo das ist. In Dalmatien geboren, landete er eines Tages als Getreidedrescher im Norden Slavoniens, lernte die Weite Pannoniens kennen und zog ins Herz von Österreich, um Installateur zu werden, dann hörte er von einem riesigen Bauvorhaben in Hamburg und verschwand für ein paar Jahre aus den Augen der Verwandtschaft. Aber dafür interessiert sich jetzt keiner mehr. Niemand interessiert sich dafür. Die meisten lachen immer nur, wenn einer mal wieder das Wort Installateur erwähnt, sie grummeln, als Klempner wäre er vielleicht nicht gescheitert, aber so...

Das wichtigste in seinem Leben sei die langbeinige, sanfte Maša, seine Madame, wie er sie nannte. Wenn mein Onkel von dem dörflich-verwandtschaftlichen Gerede hörte, winkte er ab, wichtig seien ja ganz andere Dinge, sagte er dann, ganz andere.

Nun schleppte mein Onkel schon gut fünfzehn Jahre Steine und anderes schweres Zeug auf deutschen Baustellen hin und her und schickte die blauen und die braunen Scheine nach Slavonien; wenn der Baustellenleiter es erlaubte, reiste er ausnahmsweise auch mitten in der Saison zu seiner Süßen, die sich nicht mehr zu freuen schien. Danach erzählte er mir von seiner Traurigkeit und der großen Sinnlosigkeit des Steineschleppens, wenn ihn seine Maša nicht mehr liebte. Seine Kinder – der Sohn hatte es mit den blauen und den braunen Steineschlepperscheinen recht bald zu einem ansehnlichen Advokaten gebracht – ergriffen immer mehr Partei für die Mutter und sprachen ihren Haß gegen den trinkenden Vater nun ohne jede Scheu offen und direkt aus.

In solchen Situationen nahm mein Onkel seine Brille ab und weinte laut über die Ungerechtigkeit, die der Himmel für ihn auf dieser Erde bereit halte. Auf dieser Erde! rief er, als ob es eine andere gäbe. Einmal warf er verzweifelt die Brille in die Ecke. Die Brillengläser sprangen aus dem Gestell, und ein Glas flog direkt hinter den alten, vom Zigarettenqualm vergilbten Kühlschrank. Wir mußten alle Gegenstände in der Wohnung umrücken. Alles war ja klein in diesem Zimmer. Dann trat er auf das gerade mit viel Mühe gerettete Glas, und sein Unglück wurde noch größer: weil mein Onkel ein fast blinder Onkel war und die Brille die einzige Möglichkeit darstellte, der Welt zu begegnen.

Als ihm zu Ohren kam, daß Tante Maša sich einen Liebhaber, den Herrn Ivan, gesucht hatte, trieb er sich monatelang in einer kleinen Bahnhofsspelunke herum und vergaß unsere gemeinsamen Sonntagnachmittage. Ich saß auf den kalten Steintreppen und hoffte auf seine baldige Rückkehr, obwohl ich wußte, daß er mir ganz sicher keine Geschichten über Teheran, die pannonischen Dörfer, die Alster oder die schönen Wiener Cafés erzählt hätte.

Eines Tages, auf einer seiner Trinktouren, lernte Onkel Joseph Ilse kennen. Ilse kam aus dem Osten Deutschlands, dem Teil des Landes, für den sich die Gastarbeiter damals gar nicht oder sehr wenig interessierten. Die beiden sprachen davon, zusammen die Traurigkeit zu verlieren. Ilse fehlten zwei Zähne. Meine neue Tante sprach einen Dialekt, den Onkel auch mit größter Anstrengung nicht verstehen konnte, und so nahmen ihre anfangs noch zu überwindenden Verständigungsschwierigkeiten allmählich tragische Züge an. Das durch die Zahnlücken entstandene Lispeln und Zischen meiner neuen Tante zerstörte gänzlich jedes normale Gespräch, und zu guter Letzt behalf man sich mit einfachster Zeichensprache.

Ein wichtiger Bestandteil dieser eigens von Onkel Joseph und Tante Ilse entwickelten Kommunikation war das riesige Loch in der gemeinsamen Kasse, das, je länger sie einander kannten, immer offenmündiger vor sich hinklaffte. Weit und unendlich schwarz leuchtete seine Dunkelheit in das Gesicht meines unglücklichen Onkels hinein, der sich einfach nicht zu helfen wußte.

Ilse sehnte sich nach Verwöhnung, nach frischer Pfirsichseife, feinen Früchten aus der Karibik, und am liebsten hätte sie sich ein golden glänzendes Sahnehäubchen gekauft, so sehr stand ihr der Sinn nach Übermaß. Schon kurz darauf stritten beide miteinander, und von der gemeinsamen Vertreibung der Traurigkeit konnte keine Rede mehr sein, auch weil Ilse keine Lust hatte, ständig mit Maša verwechselt zu werden, und weil das Leben in einem so kleinen Zimmer für sie nicht der goldene Westen, sondern der Inbegriff einer Gefängniszelle geworden war. Es kam zum großen und letzten Krach. Ilse verschwand aus dem Leben meines einsamen Onkels genauso unversehens, wie sie aufgetaucht war. Ein paar Monate später sah ich sie in einer Frittenbude Rindswürste verkaufen. Sie hatte rot angemalte Fingernägel und kirschfarbenes Haar, und die Sonne schien auf ihre rosigen Wangen, als gelte es nur sie mit ihrer Wärme zu berühren. Als Ilse ihre Kollegin anlachte, sah ich die zahnlose Stelle in ihrem Mund, die jetzt kleiner geworden war. Wenn schon sonst nichts, dann hatte ihr die Frittenbude wenigstens einen Zahn eingebracht!

Der Ruf meines Onkels als Ehebrecher hatte sich bei den Gastarbeitern schnell herumgesprochen. Nach Ilses Weggehen meldete er sich unablässig krank und verlor seinen Steineschlepperposten. Die öden, langen Tage der Verzweiflung verbrachte er in seinem Zimmer und trug bald nichts anderes mehr als den immer gleichen dunkelblauen Streifenanzug. Er beschloß, seine Maša wieder anzurufen und sie um Verzeihung zu bitten. Diese beharrte auf dem Nimmerwiedersehen und legte den Telefonhörer auf.

Andjela, die jüngste Tochter meines Onkels, kam eines Tages nach Deutschland. In engen Jeans und einem selbstgestrickten roten Pullover stand sie vor der Tür ihres Vaters und wollte sich davon überzeugen, ob das Zimmer wirklich so klein war, wie er es in seinem Kummer oft beschrieben hatte, einem Kummer, den man seitens seiner Familie für hochgegriffene Schauspielerei hielt. Mein Onkel warf sie raus und klagte die Sonne, den Himmel und das Meer für die Strafen an, die man ihm auferlegt hatte. Er beschloß, nie wieder an seine slavonische Madame zu denken.

Weil Onkel Joseph aber kein Stein war, sondern ein Mensch aus Fleisch und Blut, rannen ihm dicke Tränen aus den blauen Augen und richteten sich, als ständige Bewohner, auf seinen trinkerroten Wangen ein. Vor ein paar Monaten hat er eine Rente bekommen, von der er jetzt lebt. Die dreihundert Mark Miete überweist er monatlich. Der Schnaps wird von Zeit zu Zeit ein bißchen teurer, aber sonst hat Onkel keine Schwierigkeiten, er sagt den wenigen Menschen, die er im Park, auf den Straßen, im Café hin und wieder trifft, es gehe ihm gut.

Sein heroisches Steineschleppen ist bei manchen Zusammenkünften an der Trinkhalle noch immer Thema. Aber selbst unter Gastarbeitern kann man nicht jeden Tag darüber reden, wie der eine die größten und schwersten Steine oder die fünzig Kilo Zementsäcke geschleppt, der andere sich darum gedrückt hat. Denn solche hat es natürlich auch gegeben.

Mein Onkel ist ein alter Mann ohne Freunde. Seine Brüder leben in der Nähe, aber sie wollen nichts mit ihm zu tun haben. Die jungen Mädchen aus der Verwandtschaft schämen sich zuzugeben, daß es sich bei Onkel Joseph um einen Angehörigen handelt. So gewöhnte er sich in den vielen Jahren an die Einsamkeit und wurde ganz klein, so klein wie das fensterlose Zimmer, das er alle diese Jahre bewohnt hat. Woran das genau liegt, weiß in unserer Familie niemand. Man einigt sich darauf, daß jeder sich mit dem Schicksal herumschlägt, das er sich ausgesucht hat. Nun ändert dies aber gar nichts an der sich immer weiter ausbreitenden tiefen Traurigkeit meines Onkels. Es macht sie sogar noch unerträglicher. Neulich sagte er, alles hätte er anders haben können, wenn er nur in seinem Land geblieben wäre. Trockenes Brot sei immerhin besser als ein Zimmer ohne Fenster. Und an das Steinhäuschen wolle er lieber gar nicht denken.

Ich weiß nicht, ob mein Onkel recht hat oder nicht. Ich habe nur gehört, daß es in unserem Land auch eine Traurigkeit gibt, die die Menschen einsam sterben läßt, aber ich weiß diese Traurigkeiten nicht genau zu unterscheiden. In meinem Dorf haben die Menschen überhaupt kein Geld und treffen sich jeden Morgen unter

Feigenbäumen zum Mokkatrinken. Obwohl sie den Kaffee nicht kaufen können, sind immer ein paar Tassen auf dem Tisch zu sehen und Hände, die nach ihnen greifen, Münder, die reden und die den Kaffee trinken. Manchmal glaube ich, diese Menschen sind wie Kinder, die, versunken ins Spiel, kein Gefühl für Gefahren entwickeln und denen deshalb auch nie etwas geschieht. Onkel Joseph, dieser von allen vergessene Zwischenweltler, ein einsamer Sprachberaubter, würde ihre Ahnungslosigkeit gefährden. Allein mit seinem Herzen würde er sie zerstören, einem Herzen, in dem sich die Zwischenstufen des Werdens wie unter Kanonenbeschuß ereignen. Aber was soll einer auch tun, der seiner Familie ein Haus baut, das er dann selbst nicht mehr betreten darf?

In meinem Land habe ich die schönsten Bäume gesehen und den schwärzesten Mokka getrunken. In der Gegend, aus der ich stamme und in der auch mein Onkel zur Welt kam, gibt es Schmetterlinge, denen man nachsagt, sie seien verwunschene Hexen, und Feen, die eher böse sind als gut und mehr Unglück als Glück bringen. Sie wohnen in jedem Haus, sie verfluchen die Menschen und rauben ihnen die Augen, den Verstand und die Ohren. Sie plagen das schwache Herz und rechnen auf die menschliche Schwäche wie auf den Wechsel der Jahreszeiten.

Mein Onkel Joseph wird das wissen. Vielleicht hat er vergessen, daß die Feen kein Land haben, an keinen Ort gebunden und immer nur dort sind, wo man sie erwartet.

Die Menschen zu Hause wissen nichts von dem

Schicksal meines Onkels, sie hören nur diese oder jene tragische Geschichte über ihn. Wenn ihnen jemand erzählt, man habe ihn im Stadtpark wiederholt stürzen gesehen, reden sie ein, zwei Tage lang darüber und besinnen sich wieder auf ihre Arbeit, die Felder, den Mokka, trinken an schattigen Plätzchen den bitteren Kaffee und erzählen sich ihre Träume. Sie sagen, Onkel Joseph hätte nicht fortgehen sollen. Die slavonischen Frauen seien schon immer auf große Dramen aus gewesen. Und fortgelaufen seien sie den Männern noch vor dem ersten gemeinsamen Weihnachtsfest. Onkel Joseph hat nichts davon gewußt. Er wollte nur in einer Welt leben, die glücklicher ist.

Der kalte Atem der Liebe

Eines Tages mußte Rado fortgehen, zurück in sein Land. Für Ana war es, als stürzte der innere Leuchtturm in sich zusammen, der hocherbaute, der glücksumspannte. Ihr schönhalsiger Aussichtspunkt über der Welt und all dem, was in ihr geschah, wurde immer ebenbödiger und löste sich schließlich auf. Der Leuchtturm verschwand von der Bildfläche, zog sich in die Dunkelheit der Gewässer zurück, nur seine rotweißen Streifen blieben sichtbar. Ana nahm sie als Zeichen, sie hoffte auf ein Wunder, das alles wiedergutmachen würde.

Als der Zug anfuhr, blieb Ana wie angewurzelt stehen und schrie. Sie grub sich in ihre Schreie ein und schaute dem wegfahrenden Zug hinterher wie dem nebelumsponnenen Atlantikdampfer in einem Traum. Das Schiff entzog sich endgültig ihrem Blick, schließlich verschwand es so schnell, als sei es gar nicht dagewesen.

Nach ein paar Monaten erhielt Ana eine Karte von Rado, auf der ein langhaariges Mädchen zu sehen war. Es saß auf einer verwunschenen, blätterumrankten Parkbank mitten im Wald. Ein Kranz aus Wiesenblumen und Myrten schmückte ihr Haar. Unter dem Leinenstoff, der ihren Körper bis auf die Fußknöchel bedeckte, leuchtete ihre Nackheit hindurch, als stünde sie an einer Waldlichtung oder am Ende eines Tunnels, die immerwährendes Licht versprachen, die nie wieder Dunkelheit, nie mehr Durchfahrt sein wollten, sondern Orte der Rast und des Bleibens. In kyrillischen Buchstaben war auf der Karte zu lesen: SO WILL ICH DICH HABEN: IMMER BEI MIR. Es war Rados Schrift.

Wie eine weiche Feder berührte Rados Größenwahn Anas Wangen. Es war eine Art Heiratsantrag. Ein Sehnsuchtsgeständnis. Ihre Mutter fragte, was das für eine Karte sei, mit dieser Geheimschrift drauf. Ana schwieg. Aus der Tschechoslowakei oder so, da sei sie losgeschickt worden, sagte die Mutter. Ana hoffte, daß die geröteten Wangen sie nicht verrieten, und packte die Mädchenwaldkarte hastig in ihre geflochtene schwarze Blütentasche. »Eine Karte ist eine Karte«, sagte sie und wußte, es war eine Hochzeitskarte.

So will ich DICH haben. Immer bei mir. Fast täglich holte sie in den nächsten Jahren das letzte Zeichen von Rado hervor und hoffte auf mehr Worte, auf mehr Zeichen und auf ein bißchen was von seinem schönen Größenwahn. Aber nichts geschah. Etwas hatte sich zwischen sie geschoben und bewachte streng und machtbesessen seinen Platz, rückte nicht von der Stelle, setzte sich fest und wurde taub, dieses Etwas, ja, für jede noch so kleine Art von Herzensregung.

Ana hatte weder eine Adresse noch eine Telefonnummer von Rado. Trotzdem schrieb sie ihm. Auf das Kuvert malte sie in majuskelhaften Schwüngen seinen Namen, seine Stadt und das Land, in dem er nun wohnte. Irgendwie hatte sie das Gefühl, die Briefträger würden, wenn sie die Buchstaben nur groß genug schrieb, ihre Wichtigkeit erkennen und sich den Kopf zerbrechen, wer wohl dieser Rado sei und wie sie ihm am schnellsten seine Post aushändigen könnten.

Ana schrieb Rado einen Brief nach dem anderen,

nein, sie schickte ihm einen Briefumschlag nach dem anderen, denn sie schrieb keine gewöhnlichen Briefe, und sie verfaßte keine zusammenhängenden Sätze, sie schickte ihm gesprochene Rhythmen und war sich sicher, daß er sie verstand. Natürlich hoffte sie, daß die Postboten etwas ahnten und sich als Überbringer lebenswichtiger Botschaften fühlten, als Ritter der Gefühle, für die sie in den Kampf mit den vielen tausend Namen und Straßen zogen und bei dem sie natürlich als strahlende Sieger die Schlußlinie erreichten.

Ihre Freundin Dijana fand, sie sei märchengläubig: Rado immer nur Gedichte zu schreiben, ohne Kommentar, ohne auch nur eine einzige Aufforderung, ihr endlich zu antworten. Ohne ihn jemals zu fragen, was sie denn von ihm zu erwarten habe. Ein richtig durchdachter Brief müßte her, in dem klar und deutlich stand, was sie sich vorstellte. Sie legte einen Pflichtzettel für Ana an. Darauf stand, daß erstens Rado ihr endlich seine richtige Anschrift geben sollte, um dieses Affentheater mit den merkwürdig geschwungenen Großbuchstaben zu beenden, und daß zweitens er ihr sagen sollte, ob er sie noch liebe und wann er wieder zurückkommen werde.

Ana warf den Brief in den Postkasten. Die Bestimmtheit, mit der Dijana ihr geraten hatte, Klarheit in ihr Leben zu bringen, hatte sie verführt, diesen beamtenhaften Brief zu schreiben. Als er im langen Schlitz des gelben Kastens verschwunden war, beschlich sie Unbehagen. Es war ein beängstigend stilles Gefühl, eine Vorahnung. Sie spürte es an dem Gang der Menschen und sah es der verschreckten Katze an, die ihr schon seit geraumer Zeit um die Fußknöchel herumgeschlichen war und nun am ganzen Leib zitterte.

Rados Briefe waren niemals bei Ana angekommen. Ihre Eltern hatten sie in der alten Kredenz versteckt und irgendwann fortgeworfen. Bei einem der folgenden Weihnachtsfeste hatte sich ihr Vater betrunken und das wohlbehütete Geheimnis ungewollt verraten. Rachegefühle verspürte sie nicht. Sie staunte über ihre Gleichgültigkeit, als sie davon erfuhr. Welche Art von Leben man wohl verpaßt, während man ein anderes lebt? Sie wußte es nicht und wollte es auch nicht herausfinden, wollte nicht etwa zurückkehren. Sie fragte sich, wie Rado es sich erklärt haben mochte, daß sie auf seine Briefe nicht geantwortet hatte. Wie ihm zumute war, als er erfuhr, daß sie seit drei Jahren mit einem anderen Mann zusammenlebte.

Ein paar Wochen nach Heiligabend beschloß sie, Rados Schwester anzurufen und sie um seine Nummer zu bitten. Vier oder fünf Mal klingelte das Telefon. Dann nahm Rado den Hörer ab. Ana hörte seine tiefe Stimme. »Rado, hier ist Ana«. Und Rado fragte: »Welche Ana?« Sie legte auf. Das auf ihren Lippen geformte Wort fiel in die Stille zwischen Atem und Atemnot. Warum hatte er sie nicht erkannt?

Manchmal verlieren die Menschen ihre Erinnerung aus freien Stücken, manchmal wird sie ihnen geraubt. Aber immer verschwinden die Sätze einer Vergangenheit in kleine, abgedichtete Krater. Mit den Jahren wachsen sie zu Maaren heran. In ihnen lagern sich Tage und Nächte ab, die irgendwann in den Vulkanen des abgeschotteten Dunkels zu leben beginnen. Da werden

Wörter zu Menschen und Menschen zu Wörtern, da beginnt ein Flimmern und Rauschen, das über die Meere hinwegzieht, Meere, in denen ganze Baumstämme von Generationen treiben. Hier, in der blauen Tiefe, am Grund des Gedenkens, rutschen die Erinnerungen herum, auf Glatteis beförderte Lebensstücke. Niemandes Leid wiegt hier mehr, und auch Rado ist nur jemand, der sich selbst beschützt. Jeder ist alles und nichts in diesem Schmerz; alle sind gleich. Die Gedanken springen heraus wie Hunde aus ihren armen Hütten. Man könnte glauben, die Hastigkeit des Gesagten beweise die irre Versenkung des Kopfes. Wohl wächst da etwas heran, das sich wie ein Bach ergießen kann. Aber wer will sagen, daß er nicht am großen Krater mitgebaut hätte, sprachlos dem eigenen Vergessen gegenüberstehend. Wenn die Wörter verschwinden und die Dinge längst verlassen sind, dann finden sich Brüder auf der Welt, die nichts voneinander ahnten. Nur ihre Geschichte erinnert sie daran, daß sie Eltern haben, die Schicksalsspieler sind.

Katarina Jadovna

Als Katarina Jadovna mit zwei kleinen schwarzen Koffern und einer Plastiktüte voller Hochzeitsfotos aus dem Ausland im Dorf ihres Mannes ankam, teilte man ihr gleich den Weinberg, die Lebensmittelvorräte für den Winter und die drei Felder oberhalb der Lebensbäume zu. Wie alle Frauen sollte auch sie Holz für die kalte Jahreszeit sammeln und die Vorräte im Schuppen aufstocken. In den Wäldern, an lichten Stellen, wurden zwei festgeflochtene Seile ausgelegt und große und kleinere Äste aufeinandergestapelt, bis die Höhe des Haufens ungefähr der Körpergröße der Sammelnden entsprach. Die Frauen knieten sich auf die Erde, legten den Rücken gegen den Holzberg, der ihre meist dünnen Körper um einiges überragte, und zurrten die dicken Seile, die sie über die Schulterpartie geworfen hatten, unterhalb der Brust fest. Langsam standen sie auf und liefen, anfangs noch torkelnd, dann immer sicherer durch die von Steinmauern getrennten Hintergärten zu ihren Häusern zurück, wo bereits andere Aufgaben auf sie warteten, die sie gerade noch zur rechten Zeit erfüllen konnten.

Dieses Bild der schwankenden Frauen beherrschte im Spätsommer die morgendlichen Stunden. Außer ihnen waren nur ein paar Männer unterwegs, die in die Stadt auf den Markt wollten und sich beeilten, um noch den Autobus zu erwischen, der mit seinen großen nebelbrechenden Lichtern schon auf der dritten Serpentinenkurve gesichtet worden war. Oftmals gelang es ihnen nicht, rechtzeitig die kleinen Haltestelle zu erreichen, weil sie sich mit drei, vier schweren Taschen abmühten. Und wenn ein Busfahrer nicht aus der Gegend kam, sondern nur die erschreckenden Geschichten kannte, die über die hinterländischen Bewohner im Umlauf waren – nicht Küsten-, nicht Berggemüt, das war schon verdächtig –, dann drückte er noch heftiger aufs Gaspedal, um die befremdlich ungeschickt Rennenden auf keinen Fall mitnehmen zu müssen. War der Fahrer womöglich ein Städter, dann wußte er nichts vom frischgeernteten Paprika, den mühevoll geschälten Mandeln oder den empfindlichen *pomodori*, deren Namen die Italiener bei einer ihrer Besatzungen dagelassen hatten, was zur Folge hatte, daß ein Schriftsteller, der in der nördlicheren Gegend aufgewachsen war, einen Text mit dem schönen Titel *Italien, das nicht Italien ist* schrieb. Die Kinder sprachen davon, daß die Fremden ihre Wörter bei der überstürzten Abreise eher vergessen als »dagelassen« hatten, was ihnen aber auch nicht in den Kopf wollte, denn was sollten sie jetzt in ihrem eigenen Land mit den vielen Tomaten anfangen, ohne einen für sie gebräuchlichen und allgemeinverständlichen Namen.

Wie die anderen Frauen übernahm auch Katarina Jadovna wortlos ihre Aufgaben, sammelte Holz, wußte nichts von den Gefahren, schwieg und betete. Sie wartete auf die Rückkehr ihres Mannes, der noch ein wenig Geld im Ausland verdienen wollte, um dann mit ihr eine Familie zu gründen. Es war nicht üblich, die Frau ohne den Bräutigam ins Haus der Eltern zu schicken. Es gehörte sich nicht und war schlicht gottlos.

Für Katarina wurde es schwierig. Hier wurde Gott niemals vergessen, alles, was die Menschen nicht selbst zu lösen vermochten, sprachen sie seinem Willen zu. Sein Auge war überall. Selbst in den Ritzen und Löchern der abgelaufenen braunen Holzböden saß er, sühnend wachte er hinter Fenstern und Türen, in den Wäldern wanderte er umher und spähte mit seinen alten Augen jeden Winkel der Welt aus. Katarina wartete geduldig auf die Briefe ihres Mannes, die immer seltener eintrafen. Je offensichtlicher die Briefe ausblieben, desto entschiedener wies man die junge Frau zurecht. In den Augen ihrer neuen Familie, der Nachbarn und des Pfarrers war sie eine Wilde, die eines Tages ohne Mann, mit einer Plastiktüte voller Hochzeitsfotos und zwei Koffern sinnlosen Inhalts – alles bunte Kleider – im Dorf stand und sich zum Haus ihrer Schwiegereltern durchfragte. Eine Anstößigkeit, die man ihr nicht verzieh. Nichts verlor sich bei diesen Menschen. Sie schleppten seit Jahrhunderten ihr schweres Gedächtnis mit sich herum, und im Grunde fühlten sie nichts, außer ihrem Recht. Ein alter Zorn schlummerte in ihnen, der willkürlich und unabsehbar war und wie ein Gewitter von einer Sekunde auf die nächste lospoltern konnte. Ein Fremder konnte niemals voraussehen, was den Unmut dieser Leute auf sich ziehen oder wann ihre Wut doch noch abgewendet werden konnte.

Es war bekannt, daß es in den letzten Sommern einige Frauen in den Wäldern erwischt hatte, vor allem an jenen Tagen, an denen die Hitze selbst über Nacht nicht abgekühlt war und in den Waldboden drang, der die Feuchtigkeit lange halten konnte. Bald gab es nirgends mehr eine feuchte, geschweige denn eine Wasser-Stelle und deshalb, so heißt es in einer dieser furchteinflößenden Geschichten, die auch jenen Busfahrern zu Ohren gekommen waren, machten die Schlangen sich nun an die Körper der Frauen heran, um ihr Blut zu trinken.

Die unglücklichen Holzsammlerinnen, beschäftigt mit der Menge der Äste und der im Haus auf sie wartenden Kinder, hatten versehentlich eine, manchmal mehrere Schlangen in ihrem Holz mit eingerollt. Die eingezwängten Tiere haben dann, nach längeren Versuchen, sich aus dem Holzkäfig zu befreien, die gerade im Aufstehen Begriffenen in den Nacken oder an einer tieferen Stelle auf dem Rücken gebissen. Die Frauen sind auf den Waldboden gefallen und haben sich mit den Händen, so gut es ging, über die trockenen, bei jeder Bewegung raschelnden Blätter weitergeholfen, bis das Gift durch ihr Blut schoß. Nach Stunden des Sichwehrens gaben sie ihren hoffnungslosen Kampf auf. Ihre Schreie, die keiner hören konnte, weil niemand in der Nähe war, verstummten. So starben sie allein, in der sengenden Helle des aufkommenden Tages.

Man begrub sie hastig. Der Weihrauch füllte die karge Kirche aus und schnürte die Luft ab. Nach einer kurzen Begräbniszeremonie schloß man das Grab, als sei kein Mensch, sondern das Inbild des Schreckens in die Erde gelegt worden. Wer von der Schlange gebissen wird, ist selbst eine Schlange, erklärte man Katarina. Eine Frau hatte den Schlangenbiß überlebt. Man mied sie und sah ihr nicht mehr in die Augen. Einvernehmlich hatte man sich, ohne ein Wort miteinander zu wechseln, darauf geeinigt, in ihrer Person die Auferstehung einer altbekannten Hexe auszumachen, was einem Begräbnis bei lebendigem Leibe gleichkam.

Fremde müssen immer zeigen, daß sie etwas können, und die Zugeheirateten waren fast immer fremd, man heiratete nur selten eine Frau aus dem Dorf. Katarina war stark, und sie konnte viele schwere Arbeiten verrichten. Dennoch schenkte man ihr kein Vertrauen, von Zuneigung gar nicht zu reden. Sie wußten alle, daß die Briefe aus dem Ausland verdächtig selten überbracht wurden, es ärgerte sie, daß einer von ihnen diese Frau vorgeschickt hatte, ohne sie, die Alten, vorher eingeweiht zu haben. Es kam, wie es kommen mußte. Katarinas Mann starb in diesem fernen Land an Herzversagen, und schon rumorte es durch die Häuser. Sein Sarg wurde ins Dorf gebracht. Er war groß und schwarz, lang, länger als die Schlangenkörper, die windig und mit verlockender Leichtigkeit in den Wäldern lauerten, hinter den Büschen lebten. Ab und zu verirrten sie sich auf dem heißen Asphalt, dessen langgezogene, heilige Mittellinie sie wegen ihrer Form begehrten. Die Straße wurde ihnen selbst zur Falle, täuschte sie doch die eigene Rasse vor, die aalige Art, zu der sie in ihrer Glattheit und Ungreifbarkeit zählten und durch die sie geschützt, ja frei waren. Ruhig sahen sie sich nach Nahrungsnischen um, und in den versteckten Erdeinbuchtungen verbrachten sie den Winter. Sie nagten wie Eichhörnchen an der Nuß der Straße, die die unausweichlich letzte, die Nuß ihres Todes wurde. Zu lang brannte die Sonne, zu schnell fuhren die Automobile gen Süden und töteten auch sie, die grünen, die ewigen, die windigen Schlangen.

Katarina war allein, sie war es auch schon vor dem Tod ihres Mannes gewesen, aber jetzt wurde ihr klar, daß sie nichts anderes als eine Plastiktüte besaß, in der sich ihre Hochzeitsfotos befanden. Oft hatte sie die Bilder unter dem flimmernden Kerzenlicht gleich Aschenputtels goldenen Schuh betrachtet, der ihr, genauso wenig wie der Mann, nicht gehörte und nie gehören konnte.

Immer klarer wurden ihr die Gesetze dieses fluchbehafteten Dorfes, und dieses Niemandsland hätte sich endgültig ihrer bemächtigt, wenn sie sich nicht dazu entschlossen hätte, über Nacht fortzugehen. Aus dem alten Holzschrank, in dem sie ihre Bilder versteckt gehalten hatte, griff sie nach der Plastiktüte und ging zum Meer hinunter. Sie setzte sich auf die Klippen und hob die Tüte in Kopfhöhe. Erst langsam, dann immer schneller flogen die Hochzeitsfotos durch die Luft. Zum Abschied drehten sie Kreise. In den schlängelnden Fluten des Wassers wurden sie davongerissen, tauchten unter und wieder auf. Das Wellenschlagen klang wie das Murmeln der abgelichteten Menschen, die ein letztes Mal, zwischen den Wälzungen und dem darauffolgenden Strudeln, miteinander zu sprechen versuchten, bevor die Mulden des Schaums sich brachen und nichts mehr von ihnen zu sehen war.

Der Lilienliebhaber

Auf dem feuchten Grund hinter der Salzwiese hatte Jakob die Lilien entdeckt und einen Arm voll für Elena gestohlen. Die schönen schlankgewachsenen Blüten vor allem der Herbstzeitlosen erinnerten ihn an eine Geschichte, die ihm seine Großmutter erzählt hatte.

Es heißt, in Jakobs Dorf habe es einmal einen Lilienliebhaber mit dem Namen Mirko Kovinjski gegeben. Sein Leben lang züchtete er die verschiedensten Arten von Lilien, besah täglich ihre neuen Blüten und sprach jede Pflanze mit dem ihr ureigenen Namen an, wobei er die einzelnen Wörter wie die heilige Kommunion zelebrierte und kleine, wohlgesetzte Pausen zwischen ihnen einlegte. Die vielversprechenden Namen flogen über die Salzwiesen in das nahegelegene Dorf und verzweigten sich über den Bergen zu rauchzeichenartigen Boten. Die Aufmerksamkeit, mit der Kovinjski die Blumen betrachtete und sie geradezu umgarnte, als wären es richtige Lebewesen mit Augen und Gedächtnis, weckte bei den Dörflern jenen unberechenbaren Argwohn, der sich jäh in Haß verwandeln konnte. Dazu bedurfte es keines Anlasses, die Andersheit des von ihnen aufmerksam Beäugten – und Kovinjski war wirklich anders, denn er sprach mit den Lilien – war Grund genug.

Eines Tages hatte er sein ganzes Land, einige langgestreckte Felder und mehrere aneinandergereihte verwilderte Gärten und Wiesen, vom Unkraut befreit, umgepflügt und mit Lilien bepflanzt. Nur wenige Monate später erwuchs hier eine nie gesehene Blütenpracht. Die Madonnenlilie, die Königslilie und die Feuerlilie, die Tigerlilie und die Taurische Lilie, die Türkenbundlilie, die Herbstzeitlose, die Kaiserkrone und die Taglilie, die Drillingslilie, die Schwertlilie und das Maiglöckchen, der Goldsiegel und das Schattenblümchen, der Knotenfuß und der Salomonsiegel, Affodil und die Paradieslilie, Gold- und Gelblauch, zwei, drei Hyazinthen, darunter die orientalische und die Träubel-Hyazinthe, ein paar Milchsterne und einige ungewöhnliche Tulpensorten, die die gemeinen Gartentulpen wie gezackte kleine Königskronen in ihrer Mitte thronen ließen, wiegten ihre Blütenköpfe, Pollenbäuche, Beinstäbe und Taugerüche hin und her. Aus der Ferne sah es aus, als tanzten sie auf einer Bühne ohne Horizont, die selbst aus den strahlenden Farben der Lilien und dem funkelnden Grün ihrer Blätter bestand und nicht weichen wollte aus dem Hier und Jetzt, da sie sich im Dienste eines Gottes wußte, der mehr war als das Abbild eines Heiligen, mehr als die Hülle eines Wortes, mehr als ein Bild, das nicht halten konnte, was es versprach, und mehr als der gewöhnliche Menschenblick zu sehen vermochte.

Kovinjskis Nachbarn blieben mißtrauisch. Sehr schnell hatte man begonnen, dem Verdächtigen anfangs noch freundlich gegenübertretend, hinter vorgehaltener Hand über seinen »unheimlichen Zustand« zu beraten, so die bewußt gewählte Bezeichnung eines der Wortführer. Kovinjski besaß wohl zu allem Überdruß auch noch die wirklich seltenen Stücke. Was die Menschen nicht kannten und was ihnen fremd erschien, ordneten sie einer fernen Macht zu, die ihnen auf jeden

Fall nur Schaden bringen würde. Einig brauchte man sich hier nicht mehr zu werden, das Gute und das Schlechte standen seit jeher fest. In Gestalt der Lilienplage – so viel war klar, daß es sich bei der von ihnen für unsinnig befundenen Anpflanzung um kein gutes Zeichen handeln konnte – waren sie mit einer gänzlich unbekannten Situation konfrontiert, mit der sie nicht umzugehen wußten. Hunderte von violetten, orangefarbenen, roten und weißen Blüten machten ihnen mehr zu schaffen als die Aussicht auf eine schlechte Ernte. Die Stauden der Blumen überdeckten nun in größter Fülle die einstigen Kartoffel- und Maisfelder. Die Farbenwoge, so wollte es ihr kleinmütiger Blick sehen, drohte auf ihre Ländereien überzuspringen. Das Ganze laufe auf eine unverschämte Wasserverschwendung hinaus, befand der Wortführer.

Kovinjski selbst fühlte sich durch sein Lilienfeld beschützt. Es besänftigte ihn. Diese farbige Pracht wurde sein ganzer Lebensinhalt. Fast schien es, als habe ihn ein höheres Wesen dazu verpflichtet, die Lilien für die eigentlichen Menschen zu halten. Die Lilien sagten ihm Dinge, die kein Mensch in der Lage war zu sagen. Es mag daran gelegen haben, daß ihre Worte kein Ziel hatten und selbstlos im Raum verschwanden. Das gefiel Kovinjski, sie forderten nichts von ihm. Es war pathetisch, aber nicht übertrieben, wenn er davon redete, die Lilien sprächen erfüllt.

Den ganzen Sommer verbrachte Mirko Kovinjski in seinem Blumenfeld liegend. Je länger er in die blaue Himmelsweite sah, desto weiter schien sie wegzurükken. Immer mehr öffnete sich der unabsehbare Raum, und an manchen Tagen schaffte es Kovinjski sogar, durch die zweite, oftmals auch durch die dritte Wolkenschicht hindurchzusehen.

Der Zorn der Dorfbewohner wuchs. Als Kovinjski in eine Grube fiel und sich ein Bein brach, spitzte sich die Lage zu. Er schaffte es gerade noch, sich zu den Lilien durchzuschlagen, und legte sich rücklings auf die Erde, als könnte er auf diese Weise den Schmerz aus seinem Körper vertreiben. Man munkelte, die Lilien hätten ihn innerhalb von Minuten geheilt. Ein Arbeiter habe ihn gesehen, wie er sich hinkend auf den Boden legte und eine Stunde später, als sei nichts geschehen, frisch und munter wieder von den Blumen fortging in Richtung der Berge, als wollte er ewig in ihnen leben.

Kovinjski dachte auch gar nicht daran, jetzt schon zu sterben. Seitdem er mit den Lilien sprach, glaubte er nicht einmal an das Alter. Die Lilien lehrten ihn die Jugend. Aber eines Tages, seine Beine waren des Laufens überdrüssig geworden und die Verbindungsstellen zwischen Geist und Körper abgenutzt, half ihm der gute Glaube nicht mehr. Er wurde bettlägrig.

Der Mut der Dorfbewohner verdreifachte sich in kürzester Zeit. Seit sie wußten, daß es der Lilienliebhaber nicht mehr aus dem Bett schaffte, ließen sie ihrem ungezügelten Haß auf die Blumen nun freien Lauf. In der Nacht nahmen sie ihre Fackeln und machten sich auf den Weg zu Kovinjskis Haus. In seine leeren, schmucklosen Fensterscheiben schrien sie mit ihren schwarzlöchrigen Mündern: »Kovinjski, wir werden deine Lilien töten!« Sie gingen auf seine Felder, um der Blütenpracht ein Ende zu bereiten.

Jakobs Großmutter hat dieser Verwüstung aus der Ferne zugeschaut. Sie traute sich nicht, der Meute mit Widerworten gegenüberzutreten. Wer in dieser Nacht für die Blumen war, der war gegen das Dorf und seine Menschen, und das konnten die in Zorn Geratenen nicht dulden. Sie ließen keine einzige Wurzel unberührt und zertraten auch die kleinste Lilie, so schnell sie nur konnten. Einer von ihnen fing sogar an, die Pflanzen zu zerbeißen und wieder auszuspucken. Sie wüteten so lange, bis alles niedergewälzt war. Innerhalb kürzester Zeit war die ganze Fläche von mehreren Hundert Hektar Land dem Erdboden gleichgemacht. Für einen kurzen Augenblick sah man zum letzten Mal die langwurzeligen Lilien, die man in aller Eile, die Mördern und Dieben eigen ist, zu einem Berg geschichtet hatte, bevor man das Feuer legte. Tagelang brannte der Berg vor sich hin, so groß war er in Höhe und Breite.

Der Lilienliebhaber Mirko Kovinjski verbrachte noch viele Jahre in seinem Haus. Man weiß nichts Genaues über ihn, aber man sagt, die Erinnerung an die Lilien habe ihn am Leben erhalten. Auch dann noch, als der Krieg ausbrach und die Zigeuner aufhörten, ihre Lieder zu singen.

Meine Tante Morgenrot

Meiner Tante Morgenrot starben zwei Kinder. Der Sohn wurde am Ufer eines weit entfernten Flusses gefunden. Man wußte nicht, wie er gestorben war, ob man ihm Gewalt angetan hatte oder nicht. Die Tochter starb in einer ruhigen Nacht, neben ihrem Mann, der sagte, er hätte nichts von ihrem Sterben bemerkt.

Meine Tante Morgenrot steht jeden Tag auf, um zu weinen. Und sich den Kopf gegen grobe Wände zu schlagen. Immer wieder, während sie litaneihafte Wiegenlieder vor sich hin singt, schlägt sie den Schädel gegen den Geranientopf, der vor ihrem einstöckigen Haus steht. Manchmal spielen dort die Kinder der Nachbarn und rennen umher, suchen einander hinter dem dicken Lindenbaum, im Stall, in der Sommerküche.

Tante Morgenrot ist von blaßblauer Schönheit. Das schwarze Kopftuch und die Wiegenlieder hatten sie mit der Zeit beängstigend durchsichtig und eigenartig schwebend werden lassen. Die asketisch wirkenden hohen Wangenknochen umrahmten damals ihr Gesicht, das, je nach Lichteinfall, wie ein umnächtigter Schlund aussah. Ihre Augen irrten hektisch in der Gegend umher, und die spielenden Kinder wollten ihr vorkommen wie Teufelsgesandte, Verbündete in einem fremden Spiel. Wenn die Kinder lachten und herumtobten, schrie sie ihnen steinige Wörter hinterher. Aber sie haßte die Kinder nicht. In Tantes Blick gab es eine eigenartige Wirrnis. Man hatte den Eindruck, sie suche, rastlos in allem, was sie tat, nach Abwegigkeiten in den Seelen der Kinder. Am alten Friedhof hatte sie im letzten Winter gesehen, wie ein Zweijähriges aus der Nachbarschaft begraben wurde. Im weißen Sarg. Man legte das Kind mit wilden Wiesenblumen ins Grab, und nur ein schlichtes, kleines Holzkreuz erinnerte an sein Leben. Tante war sich sicher, daß man Engel so begrub. Von da an redete sie nur noch vom Wiesensafran. Niemand konnte sich erklären, wie sie zu diesem Wort gekommen war, bis man begriff, daß es mit einem Kinderlied zu tun haben mußte, das man in dieser Gegend noch vor einiger Zeit gesungen hatte.

Marjan und Ivana waren keine Kinder mehr, als sie starben. Sie waren erwachsene Menschen. Also begrub man sie wie alle anderen auch. Ivana hatte Angst vor der Nacht und vor den Träumen gehabt, die sie als unmäßig weit und mundlos empfand. Träume, sagte sie, verschlucken mich, und sie rieb sich den Schweiß der Nacht vom Körper, während ihre Lippen zu einem Strich verkümmerten und immer schmaler wurden. Ihr kantiges Gesicht verformte sich zu einem Dreieck, in dem für Bewegungen kein Platz war. Alles war darin abgeriegelt, zugeschraubt und vor den Träumen in Sicherheit gebracht.

Marjan war ein zitterndes, scheues Wesen. Seine Stimme war leise, stets darauf bedacht, niemandem einen Schrecken, auch nicht den Hauch einer Angst zuzufügen. Eine unsichtbare Melodie begleitete seine Mundwinkel, in denen sich ein Leben ohne Lachen vergraben hatte. Erst die Schreckhaftigkeit und das Zittern des Körpers rückten ihn ins Blickfeld seiner Gegenüber; erst wenn er sprach, fiel er den anderen überhaupt auf. Manchmal war es, als halte er seinen Körper und sein Gesicht nur deshalb aus, weil er sie immerzu wegwünschte und aus seinem eigenen brodelnd tiefen Gedächtnis löschte. Mit den Jahren schien ihm das immer müheloser zu gelingen, und bis kurz vor seinem Tod existierte er nur noch als die verblassende Vorstellung von einer menschlichen Gestalt.

Ivana liebte die Blumen aus Rußland. Ihr Vater hatte sie von einer seiner ominösen Reisen mitgebracht. Den Namen des Ortes, irgendwo weit im Osten, wußte er nicht mehr. Schon damals war er Trinker und verfiel mit den Jahren immer öfter ins Delirium tremens. Er ertrug seine eigene Stimme nicht. Am selben Ort konnte er nie lange bleiben und ging in regelmäßigen Abständen fort. All sein Begehren verschwendete er an die Blumen. Von jeder Reise brachte er seiner Frau und den Kindern die schönsten und seltensten Stücke mit, die er unterwegs fand. Die weiten Taschen seines zerschlissenen Mantels waren seit jeher ein Blumenasyl gewesen. Die russische Lichtnelke jedoch mußte er unter den Arm nehmen, da sie bereits viel zu groß gewachsen war.

Sie trug den Namen *Brennende Liebe* und hatte scharlachrote Blüten. Ihre Kronblätter waren ihr verkehrt herzförmig angewachsen. Schon einmal hatte er aus den südlichen Alpen die *Jupiterblume*, eine Artverwandte der *Brennenden Liebe*, mitgebracht; ein paar Wochen ragten ihre rosafarbenen Blüten und ihre weißfilzigen Blätter zum Himmel empor, richteten sich auf ein langes, adeliges Leben ein, gingen dann aber rasch zugrunde, starben und fielen, wie fast alles in jenem nie fertiggebauten Haus, dem Tod in die Hände.

Der Name der russischen Lichtnelke zog augenblicklich Ivanas Aufmerksamkeit auf sich, als sie ihn das erste Mal hörte und die Blumen unter dem Arm des Vaters sah. Die vielen kleinen Blütennester schaute sie stundenlang mit prüfenden Blicken an. Sie stellte sich vor, das erfüllte Leben, das Glück und die Liebe, von denen ihre Mutter immer voller Sehnsucht sprach, müßten so aussehen wie die unzähligen kleinen Blüten der roten Russin, wie sie die Blume im geheimen nannte und auch manchmal laut aussprach, wenn niemand in der Nähe war, der sie hören konnte. Niemals sollte sie jenes feurige Scharlachrot, das ihr der Vater mitgebracht hatte, wiedersehen und nie mehr in ihrem ganzen Leben auf einen solchen Namen stoßen. Fast war es, als ob sie den schicksalhaften Klang dieser beiden Wörter mit sich und ihrem Körper verwoben hätte. Sie rutschte in eine Finsternis ab, aus der sie nicht mehr auftauchen sollte. Vielleicht starb sie deshalb allein und nicht in den Armen dieses Mannes, der in ihrem Bett lag und der sie nicht von ihrem Dreiecksgesicht befreit, sondern für ihre Träume verantwortlich gemacht hatte, um von den eigenen abzulenken.

Tante Morgenrot schlägt ihren Kopf und ihren Nakken immerzu gegen den Geranientopf. Manchmal verfehlt sie den anvisierten Gegenstand und fällt nach hinten, auf den Steinboden. Sie steht wieder auf, wischt sich mit den Händen über ihren schwarzen Rock. Aber der Rock ist sauber geblieben. Kein Schmutz und kein einziges rotes Geranienblatt sind zu sehen. Nur das Blut fließt aus dem Loch in ihrem Hinterkopf, ruckartig und klumpig, und vermischt sich mit der Farbe ihres Kopftuchs.

Tantes durchsichtige Ohnmacht umspielt ihren dürren, vom vielen Sichwenden und Drehen hager gewordenen Körper, der zittert und ruckelt, als sei er ein Vulkan, als stünde er jeden Augenblick vor einem Ausbruch. Die Zerfahrenheit in ihrem Blick wird stärker. In den Beinen macht sich eine Schwäche breit, sie bewegen sich vorsichtig, wollen die Schritte nach vorne vollziehen, bleiben aber wie angewurzelt stehen, kleben an unsichtbaren Lavabrocken, die Tante Morgenrots Füße festschrauben und verbrennen. Meistens spielen sich kleine Flammen bösartig bis zu den Knien hoch, und Tante schlägt sich beidhändig auf die milchigweiße Brust, bittet den Herrgott, sie sterben zu lassen. Aber der Herrgott kennt keine Gnade. Seine Göttlichkeit ist wie glattgebürstet, und er scheut es, eine Entscheidung zugunsten der Tante zu fällen.

Ihre Ergebenheit gen Himmel macht sich aber, etappenweise, bezahlt; Tante wird zwischenzeitlich durch Ruhe entlohnt. Zehn, zwanzig Mal bekreuzigt sie sich hintereinander und ruft *Ave Maria gratia plena. Ave Maria gratia plena. Ave Maria.* Zurückweichend beugt sie ihren Kopf über den mattsilbern glitzernden Rosenkranz, der seinen dumpfen Aluminiumkörper beständig im Rhythmus ihrer schleppend schweren Wörter wiegt. Der umherstreifende Blick dieser Neurasthenikerin findet aber keine Ruhe. Keine Möglichkeit der Rast ist ihr gegeben. Und am liebsten läge sie im Schlaf. Die Schroffheit des kalten Steinbodens jagt ihr Angst ein. Wo die *Brennende Liebe* eigentlich geblieben ist! Seit einiger Zeit war sie ihr nicht mehr im Garten begegnet. Der Geranientopf war am üblichen Ort. Sanft und heiter ruft Tante Morgenrot nach ihrer Tochter Ivana, die aber nicht kommt. Im Haus sind keine Stimmen zu hören. Nur das hellgrüne Neonleuchten der Heiligen Maria sieht man durch die zurückgezogenen Vorhänge der vernebelten alten Fensterscheiben.

Tante Morgenrot bindet sich einen dicken Strick fest um die Taille. Fast kann sie nicht atmen. Ivana hatte ihren Ruf nicht gehört. Marjan war im Fluß. Was hatte er dort gemacht? Er konnte doch gar nicht schwimmen. Sein Sarg war violett ausgefüttert. Der Sargmeister, ein rundäugiger, dunkler Mensch, ein Nachtwanderer mit schleichendem Gang, war in ihrem Haus erschienen und hatte seine Sargkunst als die beste weit und breit propagiert und die feinen, wohlgearbeiteten Verzierungen betont, die über die Grenzen des Landes hinweg bekannt geworden waren. Er pries sie mit den schönsten, kräftigsten Worten an wie einen warmen Kaffee, der Frieden versprach, wohlgemerkt Frieden, einen anderen, gewiß, als Tante ihn sich vorstellte.

Der Brunnen hinter dem Haus war randvoll. Bevor die Sonne aufging, stellte sich Tante Morgenrot auf seine Rundung und lachte immerzu über das glitzernde Wasser. Erst schleuderte sie den Rosenkranz in den Brunnen und dann den übriggebliebenen, abgewetzten Schuh. Sie richtete ihr Haar, warf das schwarze Kopftuch auf den Boden und rannte barfuß in den entlegenen Wald, aus dem sie nie wieder zurückkam. Das schwarze Tuch flog weg, flog direkt auf den Geranientopf zu. Dort trotzt es Wind und Wetter und wartet auf die Rückkehr meiner Tante Morgenrot.

Auf der einzigen Fotografie, die vor langer Zeit an der Steinmauer aufgehängt worden war, sieht man unter dem großgewachsenen Lindenbaum, an dessen einem Ast eine nagelneue Sense baumelt, meine Tante Morgenrot. Sie hält mich im Arm. Die Farben beginnen zu verschwimmen, lösen sich auf, eine schwarz-weiße Welt mit einem leicht gelblichen Einschlag tritt dem Betrachter entgegen. Hier verlieren sich die Konturen der abgelichteten Gestalt, das Kopftuch der Tante beginnt zu schweben und verhakt sich an der Linde. Die Sense fällt herunter und beginnt zu rosten. Der karierte Rock der Frau verliert seine Karos. In den Augen des Kindes breitet sich Staunen aus. Die Lindenblüten fallen ins Haar der beiden, die sich verträumt anschauen. Leichte Wolken beziehen den durch das Verblassen der Fotografie graugewordenen Himmel und verschwinden wieder aus dem Blick des Betrachters. Das Haar der Frau, die sich Tante Morgenrot nennt, ist genau zu sehen. Ein weißgrauer Schimmer durchzieht die Partie oberhalb der Stirn. Diese Stellen leuchten. Die Zöpfe fallen in den Nacken herab. Zaghaft beginnt der Wind sie zu entflechten, erst den einen, dann den anderen Zopf. Ruhig, als hätte er Hände, öffnet er das Haar der Frau Morgenrot. Einzelne Strähnen kitzeln das Kind in der Nase. Dieses Kitzeln wird später eine Erinnerung werden, der die Worte fehlen. Nach der Berührung mit der Nase sieht man, wie sich auf den Bäckchen des Kindes Grübchen bilden, bevor sich ein Strahlen über sein ganzes Gesicht breitet.

Ein Gewitter bricht los, Regen fällt, das Kopftuch fliegt umher und das naßgewordene Haar bedeckt vollends das Gesicht der Frau, die im Takt des Regens zu weinen beginnt. Etwas zieht sie nach oben, der Körper wird zur Feder, die Arme rudern umher. Das Kind hängt in der Luft, staunt über das Schauspiel, das ihm die schwebende Tante bietet. Immer mehr entgleitet sie den suchenden Augen des Kindes, das in der Körperhaltung eines Umarmten verharrt. So wohnt es in den Lüften und überragt eine Weile den Wipfel des Baumes, der grüngekrönt die Füße des Kindes streichelt. Fast ist es, als berührten die Äste mit Lust seine nackte junge Haut.

Der Regen hört auf, die Wolken ziehen vorüber, der Himmel hellt sich, Wolke um Wolke vertreibend, wieder auf. Die Sense rostet nicht mehr, ein Windzug befördert sie an ihren Ast zurück, die Pollen fallen herab und ein gelber Schmetterling fliegt unsicher umher, fliegt vorbei, kommt nicht mehr zurück. Das nasse Haar des Kindes trocknet, kurzentschlossen bilden sich Locken, und die Grübchen an seinen Wangen zeichnen sich erneut ab. Alles ist da, nur die Tante fehlt. Dennoch ist dem Kind, als werde es noch immer von ihr umarmt. Ihr Kopftuch fliegt ihm in die Hände, es winkt damit, aber niemand winkt zurück, und auch der Betrachter der Fotografie sieht sich dazu außerstande. Das Ganze ereignet sich einige Male, und alles geschieht in der Wiederholung, so, wie es am Anfang war. Nur Tante Morgenrot kehrt nicht mehr zurück. Ihre Stelle auf dem Bild wird nicht ausgefüllt. An diese Stelle setzt das Kind ihre Geschichte. Unter der Linde sind Lichtsprengsel zu sehen, kleine rundliche Windungen, die sich hier und da verlieren, um wieder aufzutauchen und das Kind an sich selbst zu erinnern.

Der Kriegsheimkehrer

Im großen Haus am Ende der baumlosen Straße war es still. Nur ein alter Mann und sein Hund trieben sich in dieser Einöde herum. Wenn dem Hund eine Biene um die Ohren flog oder eine der zugelaufenen wilden Katzen ihm die Zähne zeigte, versuchte er, atemlos, sich von seiner Kette zu befreien, rannte ein paar Meter weit und wurde gleich wieder zurückgeworfen. Die spiralförmige Kette bohrte ihm Wunden in den Hals, und die rotleuchtenden Löcher lockten unzählige grünschimmernde Fliegen an, die nur darauf gewartet hatten, sich ans große Fressen zu machen. An diesen heißen Sommertagen war die Luft erfüllt von einem eintönigen Surren, sie vibrierte wie eine Starkstromleitung. In abgelegenen Gegenden des Hinterlandes mündeten die Holzmasten in einen Stromleitungsfriedhof, der wie ein Verschlag aussah. Es war nichts zu hören. Die Stille glich jener im großen Haus, in dem der Alte lebte.

Alles geschah dort leise und stimmlos, und nichts drang in die Welt nach draußen. Als hätte sich das Universum eines Tages aus unbekannten Gründen entschlossen, dieses Stückchen Erde hinter den eigenen Rücken zu verfrachten. Der alte Mann hatte keine Verwandten. Er war Analphabet. Manchmal schaute er sich Nachrichten im Fernsehen an, aber er begriff nicht, von wem oder von was die Rede war, um welche Städte und Länder es sich handelte. Er wußte nicht einmal, auf welchem Kontinent er sich eigentlich befand. Aber noch immer hatte er den Geruch des Krieges in der Nase, roch den Tod in der verwesten Luft, spürte ihn an allem, nahm ihn überall wahr. Er hörte ihn aus Frauenmündern, die ihn jede Nacht weckten. Blutige, mißbrauchte Körper, die mit den Fingern auf die Verunstaltungen, die tiefen Narben in ihrer Haut zeigten, bewohnten allnächtlich sein Haus. Oftmals baten ihn die Frauen um Wasser aus seinem Brunnen, weil ihre Zungen festzukleben drohten. Er stand auf und ging in den Garten. Als wären die Schreie selbst Gestalten geworden, sah er sie um die Rundung des Brunnens versammelt und nach gelöschtem Durst wieder verschwinden. Von Zeit zu Zeit kamen sie wieder. Der Alte gab ihnen immer das gewünschte Wasser. Dann kehrte er ins Haus zurück, legte sich in sein knarrendes Bett, schloß die Augenlider und schlief ein.

Im Krieg hatte er ein Auge verloren. Ein Offizier rammte ihm damals den Gewehrlauf in die linke Iris. Die Augenflüssigkeit ergoß sich über seine vom Wind und dem inneren Aufruhr geröteten Wangen. Er hatte einen Schießbefehl verweigert.

Als der Krieg vorbei war, kehrte er in sein Dorf zurück. Die Geschichte von seinem Auge hatte die Menschen bereits erreicht, und man sprach von ihm als dem Einäugigen, schon bevor er eingetroffen war.

Wenn der Obst- und Gemüsemann vorbeikam, kaufte er nur schnell die notwendigen Vorräte und bat den Verkäufer, auch dem Fischmann auszurichten, er möge in den nächsten Tagen, wenn er frischen Fisch gefangen hatte, vorbeikommen. Tabak vom Markt brachte ihm seine Schwägerin Rosa mit und legte die Blätter sogleich in der Sonne aus, damit die Feuchtigkeit verdunstete.

Rosa, oder wie er sagte, Rosas Seele, störte seine Stille nicht, und er erlaubte ihr sogar, auf das Grundstück zu kommen. Seine früheren Kameraden hatten einmal den Versuch unternommen, mit ihm über das Auge und den Krieg zu reden, aber er hatte sie weggescheucht, wie Pferdefliegen von seinem Tor vertrieben. Die Reisenden zogen in den Süden, zum Meer. Und keiner hielt jemals an, um den Alten irgend etwas zu fragen oder ihn um ein Glas Wasser zu bitten, wie es in dieser Gegend üblich gewesen wäre, denn im Sommer waren auch Gläubige, Pilger aus fernen Dörfern, unterwegs. Tagelang waren sie auf Reisen. Das Haus machte ihnen angst. Einmal ging eine ganze Gruppe am stillen Haus vorbei. Wie zur Abschreckung hatte den Alten an diesem Tag eine namenlose Wut gepackt. Er warf sich auf den dahinvegetierenden Hund. Ein Auge des Hundes schaute unter dem zischenden Ast hervor, und die weißliche Zunge vergrub sich hinter den spitzen gelben Eckzähnen. Das andere Auge blutete. Man sah schon von weitem die ausgehöhlte, löcherne Stelle, an der sich der Ast verhakt hatte.

Dem Hund gab der Mann ein vertrocknetes Stückchen Fleisch und besah sich die Wunden, die er, ganz plötzlich liebevoll, mit weißen Leinentüchern auswusch. Die Tücher hängte er auf die aus stämmigen Gräsern zu einem Zopf geflochtene Wäscheleine. Der Fenchelgeruch legte sich über das Haus und den Garten, und er schien eine beruhigende, ja, nahezu schlaffördernde Wirkung zu haben. In dieser sternenübersäten Nacht schlief der Einäugige ein paar Stunden auf der Wiese neben seinem Hund.

Am nächsten Tag wehte ein kalter Wind um die Häuser. Ein Sturm bahnte sich an, schickte sein gefurchtes Zischen, seine kleine Menschenwarnung voraus. Die tiefen schwarzen Wolken wanderten als schleichende Krieger über dem einsamen Haus, aus dem kein einziges Geräusch zu hören war, weder vor noch nach Sonnenaufgang. Am Mandelbaum hing der Körper des Hundes. Sein Fell war feucht und klebrig.

Der Einäugige hing am Dachbalken. Sein dürrer Körper drehte sich, halbe Bögen schlagend, immer wieder um die eigene Achse. Erst schnell, dann immer langsamer. Der Sturm zog über das Land, und es heißt, in dieser Nacht seien Frauen und Männer, Kinder und Engel, Rehe und Störche, Bäume und Blumen von nie zuvor gesehenen Blitzen getroffen worden.

Die Beichte

Vielleicht sind in der Kirche jener Jahre die Balken gewachsen, die Fenster geplatzt, vielleicht hat das Rot der zersprungenen Scheiben sich im Raum verteilt, als wäre es eine Flüssigkeit, und ist dabei in die Augen des Priesters und auf seinen Regenschirm geraten. Die Stimmen, die im Kirchenschiff zu hören waren, könnten Lieder geworden sein, die Heilige Hostie im Schränkchen hinter dem Altar wird sich, wenn sie niemand gegessen hat, wohl aufgelöst haben. Die bestickten Gewänder des Priesters, die in der Sakristei hingen, in einem Räumchen, das mehr ein kommoder Schrank als ein richtiges Zimmer war: Was ist mit ihnen geschehen? All diese Kinderstimmen, meine darunter, die Münder der Frauen, die gesenkten Blicke der Männer, die gefurchten Gesichter der Alten, können sie so einfach verschwinden?

In den Rillen des Steins werden ihre Worte aufbewahrt, ihr Sprechen, das Rascheln ihrer Kleider, das Senken ihrer Köpfe, das Staunen der Kinder. Hier lebt alles, hier rostet nichts. Der Tau kommt und löst sich auf. Blumen wachsen und sterben. Wann spürt man sie auf, diese Rillen in den Steinen, wann stößt man auf Substanz, merkt, die Häuser und Kirchen stehen, sind Räume, weil sie zuvor Gedanken waren. Hier fügen sich die Geschichten wie Hautgebilde, hier perlt nichts ab, alles geht hinein, hier ist keine Falte und kein Alter ein Widerspruch. Altäre, Fenster, Blumen, Lichter, die Furcht vor der Furcht, das Denken vor dem Denken, das Reiben der Hände, die Kollekte, der Sonntag, die lange Straße, das Beichten, das Fasten, die Tränen, immer der Sonntag, die lange Straße, das Träumen: im Wenden der Blätter entsteht gesprenkelte Welt.

An vielen Stellen bleibt sie beweglich, die Räder der Zeit fahren in die Zukunft. An anderen Stellen ist ein Bild geschossen worden, so und nicht anders, es bleibt, wie es ist. Ein Augenblick im Verrinnen der *anderen* Stunden, der fremden, der eigenen, der vielen. Das Blättern im Album der Blicke, die dich begleiteten, das Hören der Glocken, die in dich hineinläuteten, das Wehen des Windes, der ums Haus schlich wie ein Dieb, der dem Mais in die Seiten blies und ein Tanzen in ihm auslöste. Die zu Palmsonntag gesammelten Veilchen. Im Lavabo wuschen wir unsere Gesichter mit ihnen und sahen die bergumwundene Landschaft in der Sonne zittern: all das, wie ist es geschehen, wie dem Vergessen entrissen worden, wie hat es überlebt, wann wurde es eine Geschichte? Die Idylle zittert, die Nacht ist kalt. All das, »nachträgliche Referenzen«. Die Beichte, wenn es sie gegeben hat, dann habe ich sie im Erzählen gefunden und zu meiner Geschichte gemacht.

Die Furcht vor Ostern und Weihnachten ist lange Zeit bei mir geblieben. Schon sehr früh hatte ich ihr Geheimnis begriffen und die Kraft gespürt, aus der heraus sie mich in ihren Bann schlug. Wie eine ungesungene Wintermelodie wartete die Erinnerung auf den Tag, an dem sie ihre eigene Stimme, den lang ersehnten, fast vergessenen Gesang hören konnte.

Mutter bestand darauf, daß ich zweimal im Jahr zur Beichte ging. Die großen Feiertage boten sich dafür geradezu an. Jeder meiner Einfälle, mit deren Hilfe ich mich aus der Pflicht zu schleichen versuchte, stellten sich als von Mutter bereits vorherbedacht heraus. Wieder sah ich mich, allem Widerwillen zum Trotz, in die fein gewürfelte Dunkelheit des Beichtstuhls versetzt, aus der sich eine hüstelnd gütige Stimme zur Trennwand hin hören ließ, die sich nach meinen Sünden erkundigte. Ich hatte mir in der Warteschlage immer auf die Schnelle etwas ausgedacht, wußte ich doch nie so ganz genau, was ich falsch gemacht hatte. Natürlich war damit die Hoffnung verbunden, der Priester würde nur meine erlogenen Sünden hören wollen und sie, das lag mir besonders am Herzen, einer Beichte für würdig erachten. Um meinen Seelenfrieden auszuloten, trug er mir auf, unzählige Ave Maria und Vater Unser zu beten. Ich kniete möglichst weit hinten in der Kirche, um am Ende der Predigt, wenn die ersten Männer ihre Zigaretten rauchen gingen, sogleich an die frische Luft rennen zu können.

Auf diese Weise konnte ich die Leute, die kurze Zeit vor mir gebeichtet hatten, beobachten, und ich wiederholte im stillen meine eigenen Gebete. Ich repetierte einzelne Sätze, die ich bei den alten Männern meines Dorfes aufgeschnappt hatte und deren ungewöhnlicher Rhythmus und tänzerisch melodischer Singsangton mir im Ohr hängenblieben waren. In diesem Schwebeland trug der Südwind die Sätze fort. Er wirbelte sie so lange umher, bis sie eine eigene Kraft wurden. Dieser Kraft sprach ich menschliche, aber auch, und das geschah viel öfter, göttliche Eigenschaften zu. Ich malte mir aus, wie sie sich auf Vogelflügel setzte und den chagallroten Kirchenfenstern entgegenflog, um der Sonne Grüße von der Erde auszurichten. Dabei verlor ich mich in der Vorstellung, diese Kraft ziehe die andächtigen Hände der Betenden zur Sonne hin, die Hände hatten eine Haut, die sich an der eigenen Weichheit erfreuten. Sie schienen sich selbst zu liebkosen und zu bestaunen, bis sie wieder, in aller Schnelligkeit, bei jemand anderem waren, zur Begrüßung, zur Lobpreisung des Lebens, des angeschlagenen Liedes, zur Lobpreisung der eigenen Schönheit und zur Bekräftigung der Naturgewalten. Der Südwind war bedenkenlos zu dieser Größe hinzuzuzählen, auch wenn sein Name vorerst einen sanften und friedvollen Klang versprach.

Wenn die kurze Zeit zuvor von mir ins Visier genommenen Menschen mit ihrem Gebet fertig waren, setzte auch ich mich, nach ein, zwei Minuten, unauffällig auf die Bank zurück. Kaum war ich im Kircheninneren, stellte ich mir wieder vor, ich flöge dem Chagallrot hinterher. Ich lebte in diesen stillen, vom Weihrauch durchzogenen Stunden leise vor mich hin.

Hier habe ich sie zum ersten Mal gehört: die Melodien der Auferstehung. Sie waren mir ein Licht, etwas, das wahre Tage versprach. Tage des Sehens. Hier habe ich auch von Sternenverschiebungen geträumt und an kosmische Verirrungen geglaubt. Es war eine merkwürdige, beunruhigende Vorstellung. Welche Wirkung diese Verschiebungen und Verirrungen haben sollten, war klar: nur eine kleine Veränderung am Himmel, fuhr es mir durch den Kopf, und hier unten, in deinem Leben, wird alles anders. Irgend jemand hatte mir von alten Fährten an den Himmelsrändern erzählt, und schon stellte ich mir eine Helligkeit vor, die leuchtender und ewiger war als die Aureole Gottes, in dessen Kirche und unter dessen ergebenen, vor Ehrfurcht erstarrten Gläubigen ich saß. Keiner von ihnen wußte, worüber ich nachdachte, und sie konnten, das schien mir lange Zeit eine Erklärung zu sein, weder sich noch das All, ihr Gegenüber, noch die Lieder, die Sterne und die roten Fenster als ein in ihrem Herztakt atmendes Ganzes denken. Sie lebten in Dumpfheit, als gebe sie ihnen Brot und Leben, als schenkte sie ihnen Erbarmen und schützte sie vor dem Jüngsten Gericht, an das sie glaubten wie an die Sonne des Südens, die sich alltäglich über ihren Köpfen erhob, davonschwebte, in unerreichbaren Höhen strahlte, um ihre Felder und Wiesen das Trocknen zu lehren und um sie, die Betenden, von ihrer Gläubigkeit wegzubringen, der sie erlegen waren wie eine Ratte der Todesfalle, dem offen ausgelegten Nervengift. Nun breitete es sich aus, schnell und verbissen, zerstörte Herz, Nieren, Lunge, stoppte den Umlauf des Blutes und setzte sich in den Synapsen fest, bis das Fließen aufhörte und es zum Stillstand kam. Auch ich hatte von dem Nervengift gekostet und litt an chronischen Organleiden jedweder Art. Aber bei mir kam es nicht zum Stillstand.

In den Fastenzeiten war ich unruhig wie vor einer Beichte. In der Nacht wachte ich schweißüberströmt auf, einmal träumte ich sogar davon, ein morscher Baumstamm zu sein. In den Traumbildern traute ihm keiner mehr Leben zu, gönnte ihm kein Wachsen und Blühen, da man annahm, er, ein gefällter Baum, habe ohnehin keinen Ausblick mehr auf ein in der Morgensonne erstrahlendes Grün seiner Krone. Dieser grüne

Wipfel war vor noch nicht allzu langer Zeit, vielleicht sogar am Tag zuvor, am selben Morgen noch, von singenden Vögeln bevölkert worden. Und auch der breite Berghang, belebt vom Mohnrot und Sonnenblumengelb, die sich meterweise in der eigenen Farbschichtung sonnten, verschwand aus dem Blickfeld des Baumes. Von nun an verweigerten sich ihm auch die leuchtenden Nuancierungen der Regenbogeninnenhautzone, jene hochgeladene Lichterscheinung, entstanden im Aufruhr menschlicher Blicke. Nichts, keinen Himmel, keine Erde bekam er mehr zu sehen.

Am Karfreitag durfte man außer ein paar Stückchen geräucherten Stockfisch und einer limitierten Menge Salzkartoffeln nichts essen. Süßigkeiten grenzten an Todsünde, für die ich mich in aller Heimlichkeit entschied. Am Büdchen kaufte ich mir ein Eis und wartete, nach dem vorzüglichen Genuß, auf die zornblinde Strafe Gottes.

Meine Schwester glaubte – so, wie ich dies anfangs auch mit Inbrunst tat – an die allmächtige Sühne des Himmels, an eine schmerzhafte Züchtigung, die das Reden und Lachen in Sekundenschnelle schon unmöglich machen würde, und sie betete voller Ergebenheit, irgendeiner der Bediensteten Gottes möge ein gutes Wort für mich einlegen, während ich mit verschränkten Armen auf dem Bett lag und verzweifelt zum Plafond hinaufschaute, als habe der mit den Jahren gelblich gewordene Kalkanstrich eine Antwort, als böte er eine Möglichkeit, dem allseits zelebrierten Himmelsbündnis und seinen Fegefeuern zu entgehen.

Wer es auch war, der sich für mich eingesetzt hatte,

die Strafe ist nie gekommen, und ich habe mit vollem Genuß weiterhin die Todsünde herausgefordert und das Meer im wachsamen Auge Gottes in Unruhe gebracht. Dieses ferne Auge hatte sich in Reichtum und Sicherheit gewiegt und sich im zweiten oder dritten Stockwerk der Himmelsetage für alle Zeiten meines Lebens siegesgewiß eingerichtet, ohne zu wissen, daß in mir die Blume der Verdrießlichkeit und des Zweifels zu wachsen begonnen und ihre Wurzeln bereits in Untiefen vergraben hatte, daß die Blume mir zu dieser Zeit selbst nichts sagte und ich noch nicht einmal ihren Namen kannte.

Wie war es möglich, daß Gott, der doch den Menschen so nah sein wollte und der für die Erlösung von den irdischen Sünden einstand, sich einfach oberhalb ihrer Köpfe, ins Blau seiner horizontlosen Himmelsresidenz, abgesetzt hatte, von wo er alles und jeden sehen, beobachten und durchleuchten konnte, selbst aber ungesehen, unerreichbar und unsichtbar blieb? Nie hörte man von ihm ein Hüsteln, Atmen oder Singen. Dieser Gott, zu dem ich täglich zwei Mal beten mußte, kam mir sehr verdächtig vor, und ich beschloß, ihn, wann immer es mir möglich sein würde, im Auge zu behalten, und mir Notizen über alles zu machen, das mir in irgendeiner Weise bei seiner Archivierung helfen konnte.

Um einen umfassenden, nicht auf Willkür und bösen Absichten beruhenden Überblick zu gewinnen, versuchte ich Regungen und Vorkommnisse jeder Art miteinander in Zusammenhang zu bringen und mich wachsam meinem Ziel zu nähern. Ich schrieb über das Wetter, meine kleinen Alltagswiderspenstigkeiten, die großen und die kleinen Notlügen, die Sehnsüchte, die mich in meinen Träumen heimsuchten, über heimliche, vor niemandem ausgesprochene Wünsche, nachts im kleinen Lebensmittelladen einzubrechen und sich an das Süßigkeiten-, vor allem aber an das Schokoladenregal heranzumachen. Ich notierte Stunde, Tag und Sonnenstand – Nebel, Wind, Wetter, Wolken kamen in der Abkürzung der ersten zwei Buchstaben als kleine richtungsweisende Orientierungen hinzu – und erinnerte mich, mit welchen Menschen ich was geredet und wie ich das Gesagte ausgesprochen, intoniert hatte. Dabei beobachtete ich jede noch so geringe Veränderung am Himmel und ließ sie lückenlos in meine Gottesbeobachtungsnotizen einfließen. Dadurch rechnete ich mir ein wahrhaftigeres Ergebnis aus, eine Art von Gerechtigkeit, die in die Waagschale meines Urteils geworfen werden mußte und die mir den Residenzbewohner über den Wolken greifbarer machen sollte.

In der Kirche schaute ich mir den Priester besonders genau an, denn er behauptete von sich, ein Vertreter Gottes auf Erden zu sein. *Vertreter Gottes auf Erden*, diese Formulierung war mir von Anfang an merkwürdig vorgekommen, da ich mir nicht vorstellen konnte, wie man sich mit einem Gott, den man nie sah (als Kind hatte ich eine ganze Nacht mit meiner Katze Lola auf der Weinrebenveranda verbracht, in der Hoffnung, etwas von ihm zu Gesicht zu bekommen – vergeblich!), wie man sich mit ihm abgesprochen haben konnte und wie dieser Vertreter in den Himmel aufgestiegen sein sollte. Nirgendwo gab es eine derart lange Hängeleiter. Er mußte jedoch ins blaue, für mich und alle anderen

Dorfbewohner unerreichbare Himmelsauge hineingegangen sein, denn dieser Gott kam niemals auf die Erde herunter, nicht bei Sonne, nicht bei Regen, auch beim größten Sturm nicht, ganz gleich, ob die Menschen von einem Jahrhundert-Unwetter sprachen oder es nur bei der Beschreibung der Windstärken beließen. Davon war ich nicht nur überzeugt, darüber verschaffte ich mir anhand meiner Notizen endgültige Gewißheit.

Also fragte ich mich eines Tages nach dem Sinn des Hungerns an Karfreitagen und nach der Möglichkeit und Unmöglichkeit der Sünden, die ich nach den Regeln einer von allen hingenommenen und nie hinterfragten Existenz Gottes immerzu beging, wenn ich mir, allen Ängsten und streng eingetrichterten Verboten zum Trotz, das Eis, die Schokolade oder die Orangenbonbons doch noch kaufte, in der Hoffnung, niemand aus der Verwandtschaft würde mich sehen und mich meiner Mutter verraten, die mir wieder mit der rächenden Sühne des Himmels gedroht hätte, bis ich, wegen der Unnachgiebigkeit und Strenge in ihrer Stimme, die keine Widerworte duldete, in Tränen ausgebrochen wäre. Ich fürchtete mich mehr vor Mutters kalten Sätzen als vor der Rache Gottes, wenn sie sagte *Wer soll dir in der Not helfen, wenn nicht Gott. Keiner überlebt die Angst, nur Gott! Und du bist voller Angst und Kleinheit wie deine Sünde, von der dich niemand erlösen kann, außer Gott.*

Manchmal glaube ich auch heute noch, vor allem an Karfreitagen, Mutters Stimme zu hören, ihre eigene, mir erst spät bewußt gewordene Angst zu spüren, die sich damals um meinen Körper schloß wie ein fester

Kokon, der nie etwas anderes werden wollte als eine alles umspannende, undurchlässige Fläche, fest, hart und atemlos.

Mein Notizbüchlein füllte sich, und eines Tages, ich war wieder dabei, eine genaue Himmelsbeschreibung zu verfertigen, sah ich hinter dem Berg ein Schauspiel von ungewöhnlicher Schönheit. Die Wolken umstöberten die Sonne, als wären sie ein durch Feuer entstandener, ineinander verschobener Nebelsog. Ein Rot ging vom Firmament aus, als würde die Sonne brennen. Es gab keine Gedrücktheit, keine Schwermut, keine Kümmernis. Aus jeder einzelnen rotschwebenden Wolke sprach Glück. An diesem Tag schrieb ich in mein Notizbuch, ich hätte Gott gesehen.

Als ich begriffen hatte, daß Gott im glucksenden Lachen meiner besten Freundin, in den Augen meiner verliebten, immerzu tanzenden Schwester, in den schnellen Beinen meines Bruders war, der ausnahmslos alle Schulmeisterschaften gewann, im Blau des Meeres und im leuchtenden Gelb und wohligen Rot der Rosen in unserem Garten und auf den breiten, von wilden Blumen übersäten Berghängen, dem einladenden Grün meiner Kindheitswiesen, den liebevollen Berührungen meines Großvaters, der mich seine kleine Königin taufte und der mir wünschte, eines Tages Doktor zu werden, als ich begriffen hatte, daß all das auch in mir, in meinem Blick geschah, da beschloß ich, nicht mehr vor einem ausgelagerten Gott zu beichten, der so phantasielos war, daß er sich nicht traute, unter den Menschen und ihren neugierigen Augen zu leben und bei ihnen zu sein wie eine Blume, ein Schmetterling, ein Vogel.

Später, meine Gottesbeobachtungsnotizen waren durch andere, kleine und größere Objekte der Neugierde abgelöst worden, las ich in einem Buch, Gott sei tot. Da lachte ich, weil ich wußte, Schritt für Schritt hatte ich mich ja durch meine Aufzeichnungen zu der Erkenntnis durchgearbeitet, daß Gott nie gelebt hat. Jedenfalls nicht so, wie das dem Priester recht gewesen wäre, der von sich behauptet hatte, ein Vertreter Gottes auf Erden zu sein und der eines Tages mit einem fleischroten Regenschirm, halb entkleidet, über die Dorfstraßen gelaufen war, um Almosen gebettelt und seinen Gott um Liebe angefleht, ihn zornig angeschrien habe, er möge ihm ein Zeichen schicken, wenigstens einen kleinen tragbaren Funken, zum Beweis seiner Göttlichkeit.

Das Muttermerkmal

Mutters Schmerz war nur zu erahnen, wenn man ihr in die Augen sah. Ihre Hände platzten im Winter auf wie heißgewordenes Glas, und die Fingerkuppen leuchteten rot. Sie verlor nie ein Wort darüber. Nur ab und zu goß sie ein Gläschen Schnaps über die entzündeten Stellen und sah aus dem Fenster, wartete, bis der Schmerz verschwand und sich die vielen weitverzweigten Ausfurchungen wie von fremder Kraft gelenkt zurückbildeten. War es dann vorbei, hatte ich das Gefühl, sie hielte doch wieder Zwiesprache mit dem Schmerz und rufe ihn beizeiten, damit er sie nicht vergaß. Es hatte mit Mutters Augen zu tun, ihrem in die Ferne schweifenden Blick, mit der Sehnsucht, in der sie verharrte, wenn sie aus dem Fenster in die rauhe Landschaft hinaus sah. Lange noch nach dem abendlichem Glockenläuten blieb sie dort stehen.

Die roten Schründe an den Händen meiner Mutter erinnerten mich an den Karst, jene Landschaft, in die sie sich allabendlich vertiefte, an die Verläufe von Wasseradern unter den Hügeln, die sich in der Erde den Weg zu einer Quelle, einem See oder einem Fluß bahnten. Ich fragte mich, wohin die Verzweigungen auf Mutters Fingerkuppen verliefen, welchem geheimen Plan sie folgten und wo sie enden mochten. Im Körper der Mutter war alles abgedichtet, keiner schaute jemals in ihn hinein. Das weiche Fleisch war abgeriegelt, es gab keine lichte Stelle, durch die hindurch man in das innere Gehäuse hätte Zutritt erhalten können. Die roten Stellen an den Händen, dachte ich eines Tages, waren die einzigen Tore ins Körperinnere. Hier stand man am Eingang zum vergessenen Land meiner Mutter, befand sich in der Zwischenwelt von Körper und Schmerz, die einen Kampf auf ihren Kuppen ausfochten. Zu welchem Ergebnis dies geführt haben könnte, habe ich vergessen, weil ich mit einem Mal meiner Mutter magische Kräfte zutraute und sie wieder vor mir sah, mit ihrem in die Weite gehaltenen Kopf, am Fenster, nachdem sie sich den Schnaps über die Finger gegossen hatte. Ich bekam Angst vor ihr und glaubte ihr nicht mehr, fragte mich, ob sie den Schmerz überhaupt spürte oder ihn nicht sogar vortäuschte, um unansprechbar zu bleiben. Nach jenem Sommer zweifelte ich an ihrer Aufrichtigkeit, obwohl ich sah, daß der Schmerz echt war.

An einem heißen Julitag war mir auf den Fliesen ein Glaskrug zersprungen. Ich versuchte ihn zu umgehen. Ehe ich mich versehen hatte, färbte sich das Weiß des kühlen Bodens erst leicht rosa, wurde immer vollfarbiger, tiefer im Ton, bis sich ein dickflüssiges, erfülltes Rot gebildet hatte. Getroffen vom Krach des zerspringenden Kruges und erstaunt über den sich schnell verfärbenden Boden, rührte ich mich nicht von der Stelle. Die Füße, die Scherben, der Flur und das bläschenbildende, für die Gäste im Garten bestimmte Wasser verschwammen vor meinen Augen. Ich konnte sie nicht mehr auseinanderhalten, sie wanden sich lange, einer glitzernden Landschaft gleich, und wurden zu einer Flimmerwelt, die nur durch die an der Eingangstür hereinbrechende Sonne zersetzt wurde. Sie bahnte sich ihren Weg ins Hausinnere an den schweren blauen Eisenläden vorbei.

Die Helligkeit blendete mich, ich sah nichts, hob die Hände in die Höhe der Augen, zog die Augen auseinander, und langsam nahm ich die Unterschiede der Gegenstände wieder wahr, wußte, wo Licht und wo Schatten war. Jemand kam vorbei, ließ das Tablett fallen, nahm mich unter den Arm, hob mich hoch, setzte mich hin. Ein Lavabo wurde geholt, eine Pinzette, es wurde an den Scherben gezogen, die sich im Fuß verhakt hatten, jemand besah das rotgefärbte Fußfleisch, strich langsam, zärtlich (eine Zärtlichkeit, die es nie wieder gab) über die Ballen, Finger wanderten zu den Zehen, diese wurden einzeln berührt, auseinandergezogen und betrachtet, mit Schnaps übergossen. Ein neues Lavabo mit heißen Wasser wurde hereingetragen, ich hörte, wie gußeiserne Töpfe auf der Herdplatte hin- und hergeschoben wurden, jemand holte aus dem Keller eine Karaffe Schnaps, die Luft roch nach Tabak. Im heißen Wasser verteilten irgendwelche Hände den Schnaps, Pflaumengeruch mischte sich unter den Schweiß, kroch in die Nase. Meine Waden wurden zwischen die Finger genommen, die Füße ins Lavabo gestellt. Schreie übertönten das Reden auf dem Hof. Einer hielt den Körper fest, wieder Schnaps, wieder der Pflaumengeruch. Jetzt wurde die Flüssigkeit direkt über der Wunde ausgekippt, dann das klaffende Fleisch wie eine Fuge mit Tabak abgedichtet. Nach und nach wurde der Fuß wieder zu einer ebenen Fläche. Es blutete nicht mehr, der Tabak schluckte alles. Es folgte das Zittern des Körpers, der heiße Schein der Sonne, das Flirren der Gesichter, Sätze, gerollt wie Walzen, gingen über mich her, auf mich los. Verdächtigungen, im Flüsterton, das Gleiche sei damals mit dem Daumen geschehen, die Axt, der Baumstamm, das Holz – die Handschrift sei erkennbar. Bilder wie Fluten. Ich an der Lichtung eines Waldes. Die Axt fliegt in die Höhe, das Surren der Fliegen, das Gedächtnis, als wäre es damals einfach in der Luft stehengeblieben. Das Holz fliegt weg, landet auf dem Fuß. Der eine Moment der Vergessenheit: weiß nicht mehr, wie die Axt auf dem linken Daumen gelandet war, warum ich sie trotzdem niederfallen ließ, obwohl ich sah, wie sich das Zischen auf den Finger senkte. Dann, der am roten Faden hängende Finger. Schnaps, Tabak, Gerede. Später, von Stolz erfüllt, Sätze gesagt wie: Habe mir beinahe den Daumen abgehackt.

Als habe der Daumen die Vergangenheit ausgelöscht, bleibt die Zeit in der Luft stehen, berührt das Gedächtnis, eine Tür öffnet sich. Gegenwärtigkeit, nichts ist vergangen: Ich liege im Bett, und die Welt rollt sich auf wie ein Wollknäuel. Jemand kommt ins Zimmer, schaut, faßt mich an, geht wieder hinaus. Die Eisenläden werden vom Wind an die Wand geschlagen; immer wieder hört man den Aufprall, der sich schon in einem bestimmten Rhythmus abschätzen und erwarten läßt. Wieder geht die Türe auf, jemand kommt herein, besieht sich den in Tücher gewickelten Fuß, befühlt die Stirn, zieht die Decke hoch. Warmstimmige Welt, sie dreht sich ihren Knäuel zurecht. Alles fliegt mir entgegen, die Konturen verschwinden, ich verliere mich im Bett, das Bett verliert sich in mir, der Schrank rutscht in den Holzboden, die Tür verschluckt sich selbst, die hereinkommende Stimme prallt mit den vom Wind beförderten Läden zusammen. Im Ohr fallen Tropfen, ein

Geräuschpegel, unterirdisch, Tropfen, die auf Porzellan, Keramik, Glas aufkommen und einen hohen Ton verursachen. Autos fahren vorbei. Jemand hebt mich hoch, andere Hände kommen dazu, legen mich wieder ab. Es hat keinen Sinn, wird gesagt. Zeitungspapier raschelt, wird auf meinen Bauch gelegt, das Fieber wird schon fallen, wird von derselben Stimme fortgesetzt. Zeitungspapier raschelt erneut, wird auf meinen Bauch gelegt, das Fieber wird schon fallen, wiederholt die Stimme. Öl ergießt sich, ganz kalt, über das Zeitungspapier. Fast höre ich, wie sich das Fett einsaugt und in den Buchstaben verschwindet. Wo bin ich? Hände rollen mich ins geölte Zeitungspapier ein, es soll das Fieber wegzutzeln. Man balsamiert mich, denke ich, weil ich tot bin. Es ist kalt, dann wieder warm. Schübe der Wärme, Körper-Regenbogen. Mein Daumen wird in die Handflächen hineingedrückt, man fühlt den Puls, tastet die Ausläufer des Fingers ab, sagt, der Magen ist auch noch verrutscht. Der Tod, denke ich, ist anstrengend, man hört ja alles, was die Menschen sagen. Wieder rollt man mich herum, das Zeitungspapier wird tapetengleich abgezogen. Es ist ganz trocken geworden, flüstert eine fremde Frauenstimme. Wieder Ölgeräusche, das Befeuchten der Zeitung, das Rollen des Körpers.

Es folgen Schlaftrunkenheit, deutsche Wörter, ein Hautgeflüster, schöne Fremde, wohliger Schlaf. Aufwachen, dicker Fuß, Schmerzstau in der Wunde. Schweißnasses Haar und eine Schere, die mir die Strähnen aus dem Gesicht schneidet. Das Gesicht wird mir gewaschen, Wasser überall, in den Ohren, an den Lippen. Mutters Hände, ihre schnapsgetränkte Haut, der alte und der neue Schmerz, mein dicker Fuß. Schwärze und in ihr immer wieder das Gesicht der Mutter.

Ich hatte Angst vor ihren wissenden Augen. Und als sie eines Tages sagte, sie sitze immer hinten, in der kleinen Tasche meines Schulrucksacks, stieg ich einmal auf dem Schulweg vom Fahrrad ab, setzte mich an den Rand des schmalen, von jungen Apfelbäumen gesäumten Feldwegs und schaute nach, ob Mutter wirklich dort war oder ob sich lediglich ihr Kopf, ein Teil des Kopfes (nur die Augen vielleicht?) in der Tasche befanden. Aber es war ja nur eine kleine, angenähte Tasche, ein Teil meines Rucksacks, in den meine Bücher und Hefte knapp hineinpaßten.

An meiner linken Wade hatte ich ein augapfelgroßes Muttermal, das aussah wie ein Herz, und obwohl alle, die es gesehen haben, behaupten, es sei ganz bestimmt keines, glaube ich noch heute, daß es ganz sicher ein Herz gewesen ist. Es war die Zeit, da ich an die Wunde im Fuß schon lange nicht mehr gedacht und auch den Tabak, der zu meinem Fleisch geworden war, vergessen hatte. Wir waren in ein Land gezogen, dessen Sprache ich noch nicht sprach, die mich aber eigenartig umspülte, als schwömme ich in ihr wie in einem Bassin voller wundersamer Töne. Ich weiß nicht warum, vielleicht, weil ich die Sprache schon von früher kannte, habe ich sie von Anfang an gefühlt und mich an das Einrollen des Körpers in Zeitungspapier und die fremdschwebenden Worte, die mir schön waren, erinnert.

Im Sportunterricht, als mein Blick wieder einmal auf

das Herz und die Wade fiel, habe ich das Wort *Muttermerkmal* gesagt, leise, unmerklich ging es mir über die Lippen. Die Kinder haben gelacht und das *merk* aus dem Wort weggeschafft und mich ausgelacht. Aber es half nicht, das volle Wort kehrte immer wieder zu mir zurück, und im stillen sagte ich es mir vor, sprach es in mich hinein. In der vibrierenden Wiederholung hörte es sich mehr und mehr wie ein *Denkmal* an. So kam ich, die letzten drei Buchstaben im Ohr, auf das andere, ähnliche Wort, *Grabmal*, und sagte mir, daß an meiner Wade, vorne, unter dem Knie, an der Stelle des Herzens, ein Grabmal entstünde.

Das denkende Grabmal war leuchtend. Es war violett und rot, violettrot, eine ganze Weile lang. Und es ging, natürlich ging es, es war ja ein Teil meines Beins, es ging überall mit mir hin. Wohin ich auch ging, es war immer bei mir.

Damals dachte ich, Mutter habe das schon vor mir gewußt, und erinnerte mich an ihren Satz, an die kleine Rucksacktasche als einen Ort, in den sie ihr Auge, ihre Iris, ihre Pupillen, ihre Linsen, ihr ureigenstes Braun eingepackt hatte, ihr Endlosbraun, ihre Augäpfel, ihre Sehstärke. Sie schaute durch die Brille der Welt, die keinen Rahmen hatte, kein Gestell, die das Gesehene kleiner, enger, schwärzer oder rosenfarbener machten. Die Frage, welcher Blickwinkel das war, den Mutter hatte, blieb unbeantwortet. Sie stand im Raum, die Frage war die Antwort: Mutter selbst war der Blickwinkel. Sie war der Grad, das Meßgerät, die bei aufgelegtem Gewicht ausschlagende dünne Nadel auf der Waage meiner Augen. Sie war die Wimper, die sich nicht bewegte, obwohl sich Wimpern immer bewegen. Das macht Wimpern zu Wimpern, und davon leben der Augenaufschlag, der Blick, die Sicht, das Sehen, die Sehstärke, das anvisierte Ziel, der Augenblick des Lichts, jenes Lichts, das durch die dünnen Wälder der Wimpern ins Auge eindringen kann.

Je mehr ich das Bild vergaß, wie meine Mutter am Fenster steht, die Hände ineinandergelegt, mit dieser geheimnisvollen Stille in den Augen, das leere Schnapsglas, das über den Händen ausgegossen worden war, je mehr ich also dieses in sich bewegliche Bild vergaß, desto weniger leuchtete auf meiner Wade das violettrote Herz. Eines Tages dachte ich sogar, es sei ganz verschwunden, fortgegangen aus meinen Augen, so wie ich damals von Mutter und ihren Sätzen fortgegangen bin, nach Sibirien, in die kälteste Kälte Rußlands, um meine eigene Wärme zu spüren.

Ich kannte keine andere Kälte. Vielleicht ist es gut so gewesen. Am Ende hätte ich sonst noch geglaubt, ich müßte überall, in alle Kälten, in alle Schneeländer der Welt gehen, um wirklich fortgehen zu können.

Mutter ist dort geblieben, wo sie schon immer war. Dennoch hat auch sie Reisen gemacht. In ihrem Zimmer hat sie wieder einmal tagelang nichts anderes getan, als am Fenster zu stehen und hinauszuschauen. Aber Mutter war nicht wirklich allein. Sie hatte mich, und ich hatte sie, obwohl ich sie nie heftiger verlassen habe als damals. Ich habe sie aus meinem Körper gelöscht. Und sie gefunden, in meinem Wörterspeicher, im uralten Gedächtnis.

Ich kenne jetzt die Sprache jenes Landes, in dem ich

damals lebte, als die Sätze meiner Mutter im Rucksack mit mir reisten, aber das Muttermal ist immer noch kein Muttermal. Es ist immer noch das, wie ich es in der Schule, nach dem Sportunterricht, unmerklich, leise, gesagt hatte. Es ist, was es von Anfang an war: ein Muttermerkmal.

Die Segelbootschachtel

Die Flut der Bilder und Gerüche sollte auch mich überrollen, als ich an jenem frühen Abend in der körnigen Vordunkelheit des ebenerdigen Kellers, der keiner war und den wir nur so nannten, auf die alten Fotografien stieß. Ich sah eine an den Ecken eingerissene Keksschachtel und darauf ein paar Segelboote, die an den Ritterfalter mit gelben Flügeln und schwarzen Längsstreifen erinnerten. Die spitzen Segel, aber auch die Nummer, G 128, das Segelzeichen und das Ripsgewebe des Tuchs waren von einer dünnen Staubschicht bedeckt. Die Schachtel war mit einer dicken Kordel verschnürt. Noch bevor ich ihn berührt hatte, wußte ich, daß der Knoten für die Ewigkeit gezurrt worden war.

Da ich, neugierig und aufgeregt zugleich, mich in der Nähe des Verbotenen wähnend, dem zuerst leichten, dann immer nachdrücklicher aufkommenden Pochen meiner Fingerkuppen nicht widerstehen konnte, streifte ich die Kordel mit einer schnellen Bewegung von dem vergilbten Karton. Die Schachtel kannte ich, vor gar nicht so langer Zeit hatte man die Segelboote durch das Bild eines modernen Ozeandampfers ersetzt, auf dem sich eine Abendgesellschaft befand, in genießerischer Festtagslaune, mit fröhlichen Gesichtern und Erdbeertörtchen in den Händen. Sicher sollten sie im Käufer der Vanilleplätzchen ein Vorgefühl des Luxus auslösen.

Gelbliche Schwaden zogen durch die Bilder, stiegen mit meinem wandernden Blick empor über die Köpfe der Menschen und vermischten sich mit den tiefhängenden Nebelwolken eines herbstlichen Tages. Nur wenn man das lampenähnliche Weihrauchgefäß des Priesters identifiziert hatte, sah man, woher der bleiche Dunst gekommen war. Hastig blätterte ich die Fotografien durch. Allmählich begriff ich, daß es sich um jene Aufnahmen handeln mußte, über die Vater hin und wieder ein paar Sätze verloren hatte. Diese Sätze waren mir fremd, sie rannen aus seinem Mund wie ungeweinte Tränen. Erst als ich die Fotografien in den Händen hielt, habe ich mich auf einmal an sie erinnert. Vier Söhne, mein Vater und seine Brüder, trugen die Mutter zu Grabe. Ein seltsames Begräbnis war das. Die schwarze Kleidung und die Sprachlosigkeit der Versammelten rief die Angst um Großvater in mir wach. Niemand würde mehr sagen, paß auf, mein Kind, Krankheiten fallen vom Himmel wie reife Äpfel von den Bäumen. Keiner würde mehr aufzählen können, wie viele Frauen ins Ausland geheiratet hatten, wie viele im Dorf geblieben waren, wie viele Söhne und Töchter sie auf die Welt gebracht hatten und welche von den Nachwachsenden als nächste den Brautschleier anlegen würde. Ich sah mich mit gebeugtem Kopf und hängenden Schultern über seiner Grabplatte stehen und um ihn weinen, während ich mich gleichzeitig beobachtet wußte und mich fragte, wer wohl mit mir litt. Ich verlor mich mehr und mehr in Gedanken, entfernte mich von dem vermeintlich verstorbenen Großvater und malte mir mein eigenes Unglück und die bedauernswerte Lage aus, in die ich, ein Kind von sieben, acht Jahren geraten wäre, von allen Menschen verlassen, arm und einsam, ohne einen einzigen Verwandten, der mich hätte zu sich nehmen können.

Später, als Großvater wirklich starb, ist mir die Segelbootschachtel wieder eingefallen, und ich habe jene Gestalten vor mir gesehen. Wäre ich auf seinem Begräbnis gewesen, ich hätte sie gesucht, die Schwarzgekleideten, die mir aus der Keksschachtel entgegengetreten waren, als seien sie keine Bilder, sondern echte Trauernde. Bewohner eines Landes, das sich im Fenchelgeruch der trockenen Sommer verlor und in einer Zeit, die das Korn jeden Lebens ist, in der ewigwährenden Kindheit.

Auf den Fotografien von Großmutters Beerdigung war noch die alte Schotterstraße zu sehen, Jahre bevor sie asphaltiert wurde. Die Kastanienbäume, ich kannte sie in voller Pracht, kamen mir auf den Bildern wie Sträucher vor, die gerade dem Laubboden des Waldes entwachsen waren. Alles war klein und im Enstehen. Das ist Vergangenheit, begriff ich, ohne zu wissen, daß ja immer alles vergeht.

Der Fotograf hatte die Tränen, die niedergesunkenen Köpfe, die abgenommenen Hüte und Mützen festgehalten, verschreckte Augen, unrasierte, müde Söhne abgelichtet und immerzu ihre großen Hände gezeigt, in schattige Gesichter von Männern gestemmt, die jetzt nur noch Kinder, Söhne waren – Hände, die Halt geben sollten und den ganzen Körper beim Leben, Atmen, Laufen abstützten.

Ich sah in die Gesichter von Menschen, die mir größtenteils unbekannt waren. Meine Verwandten trugen Kleider, deren Stoffe aussahen, als habe man sie von einem fremden Planeten vorbeigebracht. Die Augen der Versammelten waren versetzt, ruhten in einem längst vorbeigerauschten Echo, versunken im Unsichtbaren. Etwas war mir fremd und nah zugleich an ihren Blicken, an der Entrücktheit, die sich in ihnen zeigte, sie machten auf mich den Eindruck, als könnten sie die Fährte des Windes durchbrechen und den Hall zurückholen, um ihn der Verstorbenen mitzugeben auf ihre letzte Reise.

Mit diesen Bildern kam der Tod zu meinen Wörtern. Zuvor hatte ich gewußt, daß man starb und in die Erde ging, aber wie die Menschen aussahen, wenn sie jemanden verabschiedeten, sah ich hier zum ersten Mal. Mutter hatte sich ein schwarzes Seidenkopftuch umgebunden. Großvater hatte seine Mütze abgenommen. Er weinte. Vater trug einen mehrere Tage alten Bart. Seine drei Brüder sahen ihm sehr ähnlich. Keiner hatte sich rasiert. Sich schönzumachen, wenn jemand starb, war verboten.

Im Flur hing ein großes Bild. Es fiel mir erst nach der Entdeckung der Segelbootschachtel auf. Großmutter und Großvater waren darauf zu sehen. Ihre Gesichter ruhten in sich wie ein flaches Meer, das ab und zu von einer kleinen, unerwartet aufgekommenen Regenwolke beschattet wurde. Von einer Regenwolke, die sich glokkenförmig über dem Blau des Meeres ergoß und ein Kräuseln hinterließ. Der Betrachter mußte das Gefühl haben, der Wind hätte sich in ihm, dem Schauenden ereignet, der stets etwas sehen wollte, und da er der Stille nicht standhalten konnte, hätte er sie zu erfinden und zu benennen versucht, auf Kosten der Leere und aus Unfähigkeit zu verharren. Das Foto meiner Großeltern muß nach einer solchen kurzen Welle, die sich im Auge des Fotografen überschlagen und weiße Wolken der Unruhe hinterlassen hatte, geschossen worden sein. Ihre Gesichtszüge glichen verlassenen Landschaften, die Linien, vor allem jene um Großvaters Mund, hatten, wenn man sich lange genug in sie vertiefte, eine Ähnlichkeit mit Bergwegen, die von Gräsern und Sträuchern überwuchert waren. Wege, auf denen die Bauern ihre Maultiere vor sich hertrieben, wenn sie den Winter mit den Ziegen und der Arbeit in der Käserei verbrachten. Großmutters Augen strahlten, übertrumpften die stellenweise ausgeprägte Strenge um Großvaters Mund. Das milde Strahlen füllte das ganze Bild aus. Manchmal dachte ich, der Glanz in den Augen meiner Großmutter, deren Kopf von einem breiten schönen Zopf – in meinen Träumen erwuchs er zu einem Lorbeerkranz – umkrönt wurde, sei der wirkliche Heiligenschein, einer, der immer da war, wenn ich zu ihm aufschaute, der selbstlos lebte, ohne jemals etwas für seine Schönheit einzufordern. Vielleicht lag es daran, daß direkt neben der Fotografie der heilige Antonius hing, dessen Lokkenpracht den goldenen Rand des Rahmens zu berühren und über ihn hinauszuwachsen drohte. Der heilige Antonius: vor allem an seinem Namenstag oder bei manchen Morgenmessen sprach der Priester seinen Namen wie eine sommerliche Verheißung aus. Nach dem Angelusläuten ging ich in den Flur und schaute mir den Antonius an. Er sah aus wie Marko, der Zigeunerjunge, dem man nur seiner dunklen Haut wegen diesen Spitznamen gegeben hatte und mit dem mich Vater später verheiraten wollte.

Meine Großeltern hingen über der Tür, die zum Keller führte. Immer wenn ich Kartoffeln und Mais für unser Essen oder einen Krug Wein für die Gäste hochtragen sollte, ging ich an dem Bild vorbei. Im Keller befand sich die Kredenz, in der ich auf die Segelbootschachtel gestoßen war.

Meine Geschwister erinnern sich nicht an die Schachtel. Sie wissen nicht einmal, daß es im Keller eine Kredenz gegeben haben soll. Großvater hat lange gelebt. Nach seinem Tod wurde der Keller aufgeräumt, die Kartoffeln und der Mais durch schicke Flaschenregale ersetzt. Die bei jeder frischen Ernte angehäufte Erde in der Gemüseecke, sagten sie mir, habe schon seit Jahren gestört. Die Weinfässer wurden in den Hintergarten verfrachtet, Löwenzahn umwucherte sie, und sie fielen irgendwann auseinander. Die alte Kredenz hatte einem überdimensionalen Warmwasserboiler zu weichen, der einem frühkubistischen Objekt glich und alle paar Monate repariert werden mußte. Die Segelbootschachtel hat sich gerettet. Die dicke Kordel, die ich wieder um sie gebunden hatte, damit der dünne Karton nicht auseinanderfiel, hatte den Entrümpeler offensichtlich neugierig gemacht. Vielleicht wollte er nachschauen, was sich in der Schachtel befand, und hat sie dann später vergessen. Nichts wies darauf hin, daß die Schachtel geöffnet worden war.

Als Großvater starb, hat man seine Kleidung verbrannt. Die Toten gehen bei uns ohne Hinterlassenschaften. Nur die Fotografien, die in den Häusern hängenbleiben, zeugen von ihrem Leben, wenigstens eine

Zeitlang. Wenn man sie weghängt, bleiben weiße, namenlose Stellen zurück. Sie sind Geschenke an die Kinder der Söhne. Vor den leeren Wänden halten sie Ausschau nach ihren Toten und wissen doch genau, daß sie ihre Gesichter nur außerhalb der Bilderrahmen finden können.

Die blaue Strickjacke

Die feine, hellblaue Wolle gefiel mir gleich. Der Winter war kalt, und eine Strickjacke, die man über alles drüberziehen konnte, genau das Richtige. Als Mutter sie mir schenkte, sagte sie, der leuchtende Mann im Mond hätte sie für mich gemacht. Damit fing es an. Noch am selben Abend versuchte ich das rundgeformte Licht ins Visier zu nehmen und fragte mich, ob die Amerikaner wohl auf der vollen Kugel gelandet waren. Anders hätte ich es mir nicht vorstellen können, und mein Freund Piotr Razinowicz, dem ich in solchen Fragen blind vertraute und der meine erste Liebe war, sagte, auf einem Viertelmond hätte nicht mal ein breitflügliger Schmetterling einen Platz gefunden, geschweige denn eine wissensdurstige Mondforschermannschaft. Das Licht, führte Piotr aus, habe keine feste Gestalt, und nur eine Kugel könne jenes Leuchten zusammenhalten, das die Menschen so glücklich macht. Ich glaubte Piotr, trotzdem gab es etwas, das mich irritierte und von dem ich nicht wollte, daß er es wußte.

Es war die Bewegung des Mondes, der Mond folgte mir, ganz gleich, welche Form er gerade hatte; selbst wenn seine Kugel abnahm und ein dumpfes Gelb ihn gerade noch am Leben erhielt, begleitete er mich überallhin. Dieses Mir-auf-den-Fersen-sein beunruhigte mich zutiefst. Ob ich die dunkle Landstraße hoch- oder runterlief, sie senkrecht, waagrecht oder der gelben Mittellinie entlang abtanzte, um den Mann im Mond auf mich aufmerksam zu machen, das Gestirn ging mit, heftete sich an meine Fersen und ließ sich nicht abschütteln. Piotr sagte ich nichts davon. Die blaue Strickjacke verlieh mir Kräfte, die er nicht verstanden und mir auch nicht zugetraut hätte.

Ein Zufall war diese Entfremdung nicht. Für Piotr fand sich bald eine neue Freundin, ein Mädchen mit langen Zöpfen und beschürzten Röckchen. Natürlich hörte sie ihm genauso aufmerksam zu, wie ich es anfangs getan hatte. Als ich ihn bei der morgendlichen Milchabgabe traf, sagte er, es sei schon wahrscheinlich, daß Milenka seine Frau werden würde. Damit war unsere Kinderfreundschaft am Ende. Schuld war der Mond, aber auch das Rollenspiel der Männer und Frauen, dem sie sich früher oder später einfach fügen mußten, und die beiden fingen sehr früh damit an. Ein Mann konnte ein Freund sein, aber eine Frau blieb immer eine Frau. Von alles überdauernden Freundschaften hörte man deshalb nur selten, und in unserer Gegend hat es sie im Grunde nie gegeben. Ich wäre gerne Piotrs Freundin geblieben. Dieser Verlust machte mich schwermütig, und später, bei der Erinnerung daran, erklärte ich mir das alles mit der Unüberwindbarkeit des Gesetzes. Nie würde ich es allein durchbrechen können, wenn ich nicht fortginge. Ich dachte an den Schmerz, der dem Fortgehen folgen würde und der sich auch wirklich einstellte, als es eines Tages so weit war.

In der Rückschau sieht es so aus, als habe alles mit der blauen Strickjacke angefangen, deretwegen ich auf den Mond aufmerksam wurde und dessen Leuchten mir manchmal vorkam, als sei es tief in mir selbst, als sähe ich es nur, weil ich es ohnehin in mir trug. Irgendwann nannte ich die blaue Strickjacke meinen *Leuchtkörper*.

Oft ging ich am Tag allein zum Meer hinunter. Die Sonne schien, der heiße Asphalt strahlte die Hitze bis zu meinen Fußknöcheln ab, doch die Jacke war immer dabei. Blickte ich der Länge nach die Straße hinunter, flimmerte die Luft, und die quittengelben Blätter der schweren, bis zur Steinmauer heruntergewachsenen Äste der prallen Obstbäume drohten am Stein zu verbrennen. Ein kurzer Windstoß fuhr in das kümmerlich trockene Schafgarbengestrüpp am Wegrand. Ein Surren breitete sich in der Landschaft aus, das ich in dieser Lautstärke nie zuvor gehört hatte. Während ich durch die Blätter der Pflanzen hindurchsah, hörte ich in der Ferne ein Fahrzeug näherkommen. In einigen Minuten würde der Fahrer die Wegkrümmung und mit ihr den flimmernden Schlaf des Sommers hinter sich gelassen haben. Nun war er auf der Kreuzung zu sehen. Sie war von großen Roßkastanien umstanden, deren wogende Blätter, ein Stimmengeschwader, Warnungen auszustoßen schienen, als wollten sie die Reisenden zur Ruhe zwingen. Die Stromleitungen funkelten in dünnen Reihen, und die Mastbäume ragten über mich hinweg wie Marterpfähle, die jederzeit umkippen und mich erschlagen konnten. Der Asphalt wurde den Schlangen, Eichhörnchen, Hasen, Hunden und Katzen zu Polyphems Höhle: er zerfraß sie, ein Tier nach dem anderen erlag seiner Hitze, und es konnte sich keines mehr retten. Ich fühlte mich sicher. In der Stille meines Kopfes gab es keine Gefahr. Ich sah die Gefahr, aber ich hatte nichts mit ihr zu tun. Sie war ein Wesen für sich, das zufällig meinen Weg gekreuzt hatte. Wir grüßten einander sogar, und jedes ging seine eigene Route ab.

Die blaue Jacke leuchtete an mir, ein Feuerschiff, das in der Weite des wolkenlosen Himmels schwebte. Ich stand auf dem Damm und band mir die Strickjacke um die Taille. Die Helle begann mich zu blenden, und die Mole war in kürzester Zeit nicht mehr zu erkennen. Das fernste Blau war mir mit einem Mal nahgerückt, es teilte sich über meinem Kopf und wurde von der Jacke aufgesogen. Ich sah an mir hinab, und als ich wieder aufs Meer schaute, konnte ich Luft und Wasser nicht mehr voneinander unterscheiden.

Auf dem Weg zurück zum Haus hörte ich das Läuten der Totenglocken. Großvater hatte mir den Unterschied zu den Sonntagsglocken und den abendlichen Acht-Uhr-Glocken zu Ehren der heiligen Maria erklärt. Der Klang der Totenglocken war tief. Es hörte sich an, als schlüge das gußeiserne Gehäuse entzwei und die birnenförmige Hülle stürze in den Friedhof, direkt auf ein Grab. Die alte Kirche schien zu zittern. Weit und breit war niemand zu sehen. Der schwere Bauch der Totenglocken füllte sich mit Unsichtbarkeit. Das Läuten machte sich los und hing über dem heißgebrannten Land. Der Glöckner entflog für kurze Augenblicke der Erde. Dann sprang er auf den Boden, riß das schwere Gußeisen am Seil herunter und hob für Bruchteile von Sekunden wieder in die Lüfte ab.

Am Firmament entdeckte ich eine weiße Spur, die sich über die gesamte Länge des Horizonts zog. Schon oft hatte ich diesen Himmelspfad gesehen und ihn mit den fernen Geschossen meiner Gedanken in Zusammenhang gebracht. Die raketenartige Linie teilte den Himmel in zwei Hälften. In dem anfangs kleinen

Raum, der sich zwischen ihnen auftat, erschienen Vogelflügel und Tiergesichter. Ich schaute sie an, bis mir die Tränen in die Augen schossen. Ich war sicher, daß das Blau des Himmels nur deshalb so blau war, weil ich es mir wünschte und an seine sommerliche Leuchtkraft glaubte. Die Geschosse, vor denen ich mich fürchtete, soll es tatsächlich gegeben haben. Sie flogen nicht in die schwarzen Löcher des Universums, wie ich es mir vorgestellt hatte, sie landeten in anderen Städten, Ländern und Kontinenten. Die Menschen stiegen aus und gingen los, bewegten sich auf fremder Erde wie auf dem eigenen Maisfeld. Nie warteten sie auf ihre Seelen, die sie in Dörfern, auf Wiesen, in Wäldern, an Küsten und auf den Meeren vergessen hatten. Die Geschosse mehrten ihre Macht und zerschnitten weiterhin das Blau meines Kindheitshimmels, an dem ich mit der Zeit immer mehr zu nähen und zu flicken hatte. Das geschah jedoch viel später, als ich begriffen hatte, daß meine blaue Strickjacke mit der Zeit nicht kleiner geworden, mein Körper ihr aber entwachsen war.

Mein Freund Piotr hätte gesagt, die Geschosse, das sind ganz einfach Flugzeuge, die sich in der Luft halten können, weil sie die Vögel nachgeahmt haben. Diese Sicht der Dinge wäre wahrscheinlich sogar klug gewesen. Aber für mich hat es keine Rolle gespielt, jenen Augenblicken irgendwelche Namen zu geben. Es war die Weite, die mir gefiel und in der ich mich im gleichen Maße verlor, wie ich mich in ihr wiederfand. Ich fühlte, ich falle nicht aus der Welt – sie fällt in mich hinein.

Die Schlangentöterin

Der mit Schubkarren vom breiten Küstenstreifen herbeigeschaffte Sand war in wenigen Tagen wüstenweiß geworden. Vater baute das zweite Stockwerk aus, und die jungen Männer aus den Nachbardörfern halfen bei den notwendigen Arbeiten. Die einen mischten Zement, die anderen trugen Steine herbei. Wer von Vater keine Aufgabe am Bau zugeteilt bekommen hatte, fuhr in die Stadt, um die restlichen Einkäufe zu erledigen. Der Hund stromerte um die hastig agierenden Männerkörper herum, und die Katzen retteten sich mit hochaufgerichtetem Fell auf die Mastbäume, wenn das bellende Tier wie kopflos auf sie zuzulaufen begann. Mutter kochte in einem großen Topf Kürbissuppe, bis das ganze Haus danach roch und die Arbeiter im Stehen Großvaters Wein zu trinken anfingen, um sich dann draußen an den runden Tisch zu setzen, den wir aus einem vom Elektrizitätswerk zurückgelassenen Holzballen und alten Latten zusammengehämmert hatten.

Vom Tisch aus versuchte ich den Sandberg in den Blick zu nehmen und entdeckte zwei junge Schlangen, die sich auf seiner Kuppe wanden und ihre langen glitzernden Körper über den feinkörnigen Sand Richtung Mandelbaum bewegten. Sie stellten sich der Sonne zur Schau. Ihre schnellen Zungen zischten rhythmisch vor und zurück. So sieht die Angst aus, dachte ich. Diese Pfeile lösten eine erste Furchtsamkeit in mir aus, eine Ahnung, die erst später Erkenntnis werden sollte, daß alles dem Verfall gewidmet war. Zunächst glaubte ich noch, die Schlangen wären durch ihr Gift vor Fäulnis und Verwesung geschützt. Ob sie mit ihren mächtigen Zungen dem Tod davonzulaufen versuchten?

Plötzlich sah ich eine alte Frau, ganz in Schwarz gekleidet, deren Rocksaum von strahlenden Rosen übersät war. Wie eine Erscheinung stand sie vor dem Sandhügel, auf dem sich die Schlangen aalten. Sie sah mir in die Augen und lächelte, während sie einen dicken Stock vom Boden aufhob. Noch immer saß ich mit den Arbeitern am Tisch. Sie aßen, ganz in sich ruhend, und niemand kümmerte sich um das, was dort drüben vor sich ging. Ein leichter Wind kam auf, ein einzelnes Haar tanzte um ihre Augenbrauen, die ich jetzt deutlich wahrnehmen konnte. Ich stand auf und ging auf die Frau zu, die sich nicht um mein Kommen kümmerte, als wären wir Wesen zweier Welten und für einander unsichtbar. In den Händen hielt sie nun ein dünnes Stöckchen, einen jungen Ast, den sie vom blühenden Mandelbaum abgebrochen haben mußte. Den dicken Stock hatte sie fallen lassen. An ihren Fingern klebten hellrosafarbene, zu kleinen Röllchen verklumpte zarte Blüten, die sie mit einer hastigen Bewegung abzustreifen suchte. Schlägt man denn mit Blumen Schlangen, fragte ich mich und war traurig über die kaputtgegangenen Blüten, denn ich wußte ja, daß dadurch die wohlschmeckenden, fast niemals bitteren Mandeln am Wachstum gehindert worden waren.

In den Augen der Frau gab es eine Mitte, an diesem Punkt kam nichts vorbei. Sie sieht alles, ging mir durch den Sinn, auch wenn sie nichts Bestimmtes anschaut, auch jetzt, da ihr Blick dem meinen ausweicht. Meine schwitzenden Hände entgingen ihr sowenig wie das ungeschickte Stolpern an der ersten kleinen Erhöhung am Ende des Wiesengrundes, die Großvater mit ein paar, wie sich im nachhinein herausstellte, viel zu glatten Meeressteinen errichtet hatte, um dem starken Regen zuvorzukommen, der die schwarzbraune Erde aufschwemmte und in kleinen Wallungen direkt vor die Haustüre beförderte.

Bevor die aus dem Nichts aufgetauchte Alte auf die Schlangen einzuschlagen begann, bemerkte ich, daß sie einen goldenen Zahn hatte, den sie sachte, aber entschieden, fast ruckartig mit dem Zeigefinger berührte. Mir kam diese Geste wie eine Anrufung des Großen Geistes vor, in dessen Namen sie zu mir gekommen war und der sich früher oder später meiner angenommen hätte, wäre die Goldzahnige nicht aufgetaucht und hätte sie es nicht zuerst auf die Mandelblüten, dann auf die Schlangen, schließlich aber doch nur auf mich abgesehen gehabt. Langsam hob sich ihr Arm, der Stock zischte durch die Luft und preschte auf die glitzernden Schlangenkörper nieder. Der Wind versank im Tal ihrer Schläge und schoß wieder hoch, wirbelte um ihren Körper, bis die Rosen ihres Rocks, erst vor kurzem angenähte kleine Stoffetzen, wegzufliegen drohten. Ihr Haar fiel aus dem Tuch heraus, und für Sekunden wich die Beherrschtheit ihres Gesichts und ihrer gemittelten Augen einer haßerfüllten Grimasse. Sie preßte ihre schneeweißen Zähne zusammen. Ihr graues Haar schimmerte milchig, es blendete mich. Sie lächelte verwegen und lockte mich mit ihrem Zeigefinger zu sich, bis ich vor ihr stand. Sie zwang mich, den getöteten Schlangen in den Rachen zu sehen, den sie, einen

Schlund der Schwärze, mit Daumen und Zeigefinger öffnete. Erneut schlug sie auf die Schlangen ein. Immer mehr glichen ihre Arme ausgebreiteten Schwingen, und als sie fortging, wehte der Wind. Ihr Rock hob sich, die Sonne wärmte für Sekunden ihren alten Körper. Aber sie besiegte den Sonnenstrahl auf ihre Weise. Sie köpfte die Rosen und ging wortlos davon. Ich blieb in meinem Staunen allein.

In den Erdbeerhecken unseres überwucherten Gartens hatten sich immer mal wieder Schlangen eingefunden. Von dort müssen sie auch an jenem Mittag gekommen sein, angelockt von der Wärme des herangekarrten hellen Sandes. Großvater verbrannte jeden Sommer alte abgetragene Opanken und abgenutzte Fahrrad- oder Autoreifen. Er sagte, die Schlangen ertrügen den Geruch von Gummi nicht lange und gingen fort von den Menschen. Aber jeden Sommer gab es sie wieder, und die stinkenden Gummischuhe, Räder und Reifen hatten es nicht geschafft, sie zu vertreiben.

Nach dem Besuch der Alten sah ich keine Schlangen mehr in der von allen gemiedenen Hecke. In den nächsten Jahren, wenn die ersten Sommertage ins Land gingen, warf ich aus sicherer Entfernung kleine Steinchen in Richtung der Erdbeeren. Nichts tat sich, und die Blätter hörten endgültig auf, verdächtig zu rascheln.

An dem Tag, als die Schlangentöterin aufgetaucht war, hatte ich noch einige Male ehrfürchtig zu dem wüstenweißen Sandberg hinübergestarrt. Die Schlangenkörper hatten sich in Luft aufgelöst. Verschwunden, als hätte die Alte sie mit ihrem goldenen Zahn in aller Eile verspeist und ihren Rosen als Humus unterlegt, damit sie wachsen und den nach Alter riechenden Körper umranken konnten.

Die Rosen täuschten mich nicht. Ihr Rot war das Rot des Blutes. Und ihre Blätter waren die vergessenen Wangen Gestorbener. Sie welkten um die Waden der Alten herum, als gebe ihr faltiges Fleisch ihnen ihre Farbe zurück. Das Bild der Rosen ließ mich lange nicht los. Wenn ich die Augen schloß, zog mich ein gleißendes Rot in sich hinein. Ich war das Rot, ich flog in die Lüfte, war ausgelagert. Aus meiner Haut wuchsen kleine Bäume. Die Rosen rochen nach Frieden. Nebel legte sich auf mein Haar. Ich sah Palmen, die sich, verschwenderisch in Anzahl und Größe, in einem wunderbar geformten Tal in Richtung des Lichts ergossen. Die immergrünen Wipfel tanzten. Anfangs fiel leichter Regen, bald aber sah man die großen Tropfen überdeutlich auf dem trockenen Boden aufprallen. Die Palmen wurden vom Wind durcheinandergewirbelt, der Nebel hängte sich tiefer und zog geschwadergleich an mir vorbei. Wäre ich ein Regentropfen gewesen, ich wäre glücklich mit den Nebelfeldern ins Helle gewandert. Vielleicht war das Meer verschwunden, dachte ich, aber wirklich gesehen haben konnten dies nur die regengeladenen Wolken, die ihre Routen himmelwärts zogen. Obwohl ich hier im Himmel bin, sagte eine Stimme in mir, dem Himmel so nah.

Als ich mich mit offenen Augen umsah, war die Sonne durchgebrochen, Vaters Rücken rotgebrannt, die jungen Männer waren nicht mehr da. Hände rüttelten an meinem Körper, Musik drang aus der Sommerküche ins Wiesengrün, wo ich mich hingelegt hatte. Mutters Gesicht beugte sich über mich, und aus ihren Augen leuchtete es warm. So war es auch in meiner Körpermitte hinaufgeströmt, und so strömte Mutters Wärme jetzt in mich hinein. Ich schlief ein und fühlte mich noch im Schlaf von den Nebellandschaften getragen.

Man erzählte sich im Dorf, auf den Feldern sei eine Frau von einer Schlange gebissen worden und die Schlange sei gestorben, während die Frau in der Weite des wogenden Grüns verschwand und ein Rot um ihre Fesseln schwebte, als habe sie die abendliche Sonne getötet. Ich träumte von ihr, wie sie aus der Welt der Menschen fortgetragen wurde und im namenlosen Nichts verschwand. Ihr Rocksaum war im Traum noch viel schöner, und erst das Dickicht der roten Rosen! Die Alte sah ich nicht mehr, vergaß jedoch nie, daß sie der Sonne und den Schlangen, daß sie beiden den Tod gebracht hatte. Sie hatte das Gesicht einer Heiligen.

Ferne Sommer

An Winterabenden, wenn der Schnee vor der Tür lag und die Stürme tagelang in den nahegelegenen Wäldern gewütet hatten, die sternenlosen Nächte beängstigend dunkel wurden und der Himmel den Mond verschlungen hielt, sagte Mutter, während sie dem kalten Treiben durch die verrosteten Fenster des alten Steinhauses zuschaute: »Mein Auge spielt wieder Spiele mit mir, es wird ein Unglück geschehen.«

Wenn ich erriet, um welches Auge es sich handelte, schlug Mutter ein Kreuz, zog ihr Kopftuch zurecht und dankte Gott dafür, verschont worden zu sein. Was für ein Spiel das Auge spielte und warum mit Vorliebe an solchen Abenden im Dezember, konnte nur mit Mutters Angst vor dem Winter zu tun haben. Den Schnee nannte sie die weiße Hölle.

Die Verwehungen hinterließen eine pantomimische Landschaft. Wortlos fiel der Schnee. Die vereisten Bäume, die rutschigen Wege und die kahlgefrorenen Sträucher saugten das Weiß der Flocken auf, bis sich ihre Gestalt auflöste. Die Kinder fingen Ratespiele an, bei denen sie die Namen der Dinge unter den weißweichen Gestalten zu erkennen versuchten, während ihre Stimmen sich vor Aufregung überschlugen.

Ich litt unter Erinnerungstrübungen und konnte mich der Blüten und Gerüche, der Tiere und Vögel des Sommers nicht mehr entsinnen. Es war so kalt, daß ich einfach vergessen hatte, wie viele Schmetterlinge der August mitgebracht hatte, wie oft ich ihnen hinterhergerannt war, mit ihnen gesprochen, sie gebeten hatte, einmal bei mir, auf meiner nackten Hand zu bleiben. Die Schönflügler flogen weiter, sie flogen immer weg. Je näher ich ihnen kam, desto schneller verschwanden sie in den Lüften und retteten sich vor meinem Geschrei in die Wipfel der Bäume und auf die Giebel der umliegenden Dächer.

Wenn ich nachts im eisigen Bett lag und den Kopf unter dem Kissen vergraben hielt, sah ich sie wieder. Die Buntheit ihrer Bäuche verzauberte mich. Ob es ein Land der Schmetterlinge gab, fragte ich die Mutter. Ich glaubte jetzt an die Rede der Alten, die Schmetterlinge seien verwunschene Hexen, die den Menschen, ihrer hauchdünnen Gestalt wegen, für immer ungefährlich geworden waren. Es hieß, nur merkwürdige und eigensinnige Frauen verwandelten sich in Schmetterlinge, da sie in dieser Gestalt noch am besten unerkannt bleiben konnten. Ich liebte ihre Farbenpracht (mein Gott, mußten die verwandelten Hexen schön gewesen sein!), und die Weichheit ihrer offenen, breiten Flügel beruhigte meine Augen. Mein Blick verweilte lange auf den paradiesischen kleinen Schwingen. Manchmal schrumpften sie zu winzigen Dreiecksgesichtern zusammen. Während ich sie mir vorstellte, war ich schnell in eine Welt versunken, die sich, darin einem Traum gleichend, wie ein buntes Karussell drehte. Die schönsten Blumen und Gerüche gab es hier und den strahlendsten Himmel weit und breit. Hier ließen sich die Blüten wie Regentropfen durch die Lüfte tragen und fielen auf meine im Laufe der Wintermonate weiß gewordene Haut, die an Liebkosungen nicht mehr gewöhnt war.

Das Glücksgefühl wurde durch die Vielfalt der

Schmetterlingsnamen gesteigert. Blausieb, Weidenbohrer, Widderchen, Glasflügler, Wespenschwärmer, Apfel-, Trauben- und Blütenwickler, Gras- und Fruchtzünsler, Geistchen, Stachelbeerspanner, Sichelflügler, Bärenspinner, Webbär, Jakobskrautbär und Brauner Bär, Mondfleck, Gabelschwanz und Taubenschwänzchen, Maulbeerseidenspinner, Dickkopffalter, Bläuling, Flecken- und Edelfalter, Tag-, Abend- und Nachtpfauenauge, Admiral, Trauermantel, Distelfalter, Kleiner und Großer Fuchs, Schillerfalter und Augenfalter, Waldpförtner, Baum- und Kohlweißling, Aurorafalter, Postillion, Zitronenfalter, Ritter, Schwalbenschwanz und Apollofalter. Sie alle flogen über meinen Kopf hinweg: durchscheinende, vollkommene Welten.

Der Winter vor Mutters Fenster brachte ein Schneetreiben nach dem anderen ins Land. Die Menschen gingen vermummt umher, ihre dicken Fellmützen schlichen vorsichtig auf den vereisten Wegen. Jederzeit auf einen Sturz gefaßt, nahmen sie den kürzesten Weg zum Einkaufslädchen und wieder zurück zum Haus. Die Männer tranken ab und zu ein Bier oder einen Schnaps im nahegelegenen Wirtshaus. Da sie keine Arbeit über den Winter bekommen hatten, was in unserer Gegend nichts Ungewöhnliches war – es gab ja nur Wälder und Gärten –, geizten sie, wie uns Großvater nach seinen dortigen Aufenthalten erzählte, mit dem anfänglich großzügig an den Kellner verteilten Bakschisch. Nun war auch damit Schluß, und sie statteten dem Wirtshaus immer seltener Besuche ab, blieben in ihren Häusern und wärmten sich im Backofen die tauben Füße. Manchmal entstand bei uns ein richtiges Gedränge am

Ofen, jeder wollte als erster die Zehen der wohligen Wärme entgegenstrecken.

Mutter schaute aus dem Fenster und versenkte sich in ihre Rosenkranzgebete. Das Auge spielte alle paar Tage mit ihr, und sie hielt mich am Arm fest, ließ mich raten, welches Auge es diesmal war.

Ich fürchtete mich davor, etwas Falsches zu erraten und am Unglück, an ihrem, meinem, dem des Großvaters – wer wußte das schon? – mitgearbeitet zu haben und verantwortlich zu sein für das, was man ohne mein Dafürtun hätte vermeiden können.

Der Winter ginge dann nie vorbei und die Schneeverwehungen hinterließen alsbald eine menschenlose Leere, eine Stille, in der es keinen Gott gab und die die Mutter unerträglich fand.

Diese Stille, die sich im Haus festsetzte, wollte nicht enden. Jeden Gegenstand belegte sie mit dem Staub der Ewigkeit, auch uns, Mutter, mich und Großvater. Sie übersah uns einfach, wie wir dasaßen, Lebende, auf unseren Schemeln, vor dem gußeisernen Ofen, aus dessen Rohr kleine Wölkchen des Feuernebels herausgerollt kamen, wenn der Wind ungünstig stand und die klirrenden Nächte sich schon am frühen Mittag ankündigten.

Kurz vor dem Frühling stürzte Großvater. Beim Aufstehen stieß er sich an der spitzen Ofenkante den Kopf. Seitdem hatte er Schmerzen. Die Medikamente halfen nicht. Ich litt mit ihm. Und manchmal traute ich dem spielenden Auge alles zu. Wenn Mutter wieder meinen Arm festhielt und der Satz »mein Auge spielt Spiele mit mir, es wird ein Unglück geschehen« über ihre Lippen huschte, schloß ich die Augen. Wieder erriet ich das richtige Auge und nichts geschah. Der Winter ging vorbei, und die Vögel kehrten zurück. Es kam der Abschied und das Vergessen. Dann war wieder Sommer, die breitflächigen Ausströmungen der Sonne ließen sich in Tälern, auf Bergrücken, Wiesen und Feldern nieder, und die Schmetterlinge aus meinen Träumen flogen um die Fenster herum. Der würzig-frische Geruch der Eukalyptusbäume vermischte sich mit den besonders am Abend duftenden Jasminlauben. Der Flieder breitete sich aus. Großvaters Zypressenbäume standen aufrecht wie gezackte Pfeile im kühlenden Sommerwind. Die Menschen gingen wieder ohne Mützen.

Die fliegenden Scheine

Im Radio sprach eine Operndiva. Es fielen Wörter wie *Lebenslieder, Lebensgesänge, Stimmverlust.* Von *inneren Tönen* war die Rede, Konzertaufnahmen wurden eingespielt. Ob wohl jeder Mensch sein Lied hat, fragte sich Myrna, während sie rasch auf die Aufnahmetaste drückte. Die Diva sang, als schwebte sie über den Häusern dieser Welt. Sphären, Planetenumlaufbahnen – spiralförmig umgaben sie den Körper der Sängerin und bildeten eine Art Schutzhülle. Niemand konnte sie verletzen, nicht mit dieser Stimme. Jedenfalls stellte Myrna sich das so vor. Den Kopf an die kleine verstaubte Box gelehnt, schaute sie in die Ferne, so wie sie damals in die Ferne geschaut hatte, als ihre Mutter mit den Geschwistern ins Dorf gegangen war.

Vielleicht war sie deshalb heute gleich ins nächste Musikgeschäft gelaufen und hatte sich die Platte besorgt, sie, die nie Opern gemocht hatte. Die Aufnahme von damals war nur zur Hälfte auf der ohnehin oft überspielten Kassette zu hören. Dieser Bruch inmitten des Gesangs hatte Myrna beschäftigt. Er kam ihr wie eine Lücke vor, die für sie gemacht war. Lücken gibt es im Leben viele, Stellen, auf denen man nicht laufen, nicht stehenbleiben, über die man nicht reden kann, Stellen, die sich nur zum behutsamen Gleiten eignen, zu Orten werden, die ohne Bilder sind und Menschen beherbergen, die ohne Erinnerung leben. Still ist es dort, an diesen Orten, unheimlich, leise regt sich das herbstliche Blatt. Alle haben es gesehen, keiner sagt etwas, Blätter sind Gefahr, Blätter bewegen sich. Sie reden, direkt in die Gesichter der Menschen. Aber die Menschen schweigen, schauen in sich hinein, finden nichts, gehen nach außen, fürchten die Blätter und senken den Blick, bilderlose Augen, Linienmünder, wollen nichts sagen, schweigen, schweigen sich tot.

Myrnas Lücke ist der im Singen begriffene Satz der Diva. Dieser Satz füllt die Leerstelle der Erinnerung. Die Bilder kommen auf Pferden, die sich auf grünen Wiesen tummeln, auf dem Rücken der Maultiere, die aus den Weinbergen zurückgetrieben werden. Die Seiten des Gedächtnisalbums rascheln wie die Blätter der Bäume im Herbstwind, die ihre Blütezeit hinter sich gelassen haben, dem Lauf der Dinge gefolgt sind und, von den Ästen gefallen, auf den nächsten Sommer warten. Myrna glaubt nicht an den Tod der verwelkten Blätter. Sie glaubt an ihre Wiederkehr. An die Wiederkehr von allem. Nichts verschwindet, löst sich auf oder geht verloren. Alles ist da, immer, in jedem Augenblick. Das linke Ohr an der Box, die Finger halten das Gerät umfaßt, als wollten sie der Operndiva das Fortgehen untersagen und ihre Stimme zwingen, nicht davonzugehen, nie mehr davonzugehen, in der Lücke zu leben, Brücke zu sein, für sie, die wiederkehrenden Blätter, die Maultiere, die Pferde der Kindheit.

Das Ohr ist eine feingeformte Muschel, umspielt von thalassogenem Fruchtfleisch, ein Embryo. Das Ohr ist ein Herz, das der Diva Leben zupocht. Das Ohr ist ein Kind, es hört alles, nichts entgeht ihm. Auch damals hat Myrna das geglaubt. Draußen war es schnell dunkel geworden. Das Zirpen der Grillen jener Sommer vermischte sich jetzt in Myrnas Ohren mit dem Gesang der Operndiva. Die weißen Tüllvorhänge wurden durch einen Windhauch ein wenig vom Boden gehoben und senkten sich wieder.

Auch jetzt ist es dunkel im Zimmer. Myrna macht ihre Lampe an und wieder aus, nur im Dunkeln sieht man die Schönheit der Lichter. Sie sieht aus dem Fenster und singt das Lied der Diva. Der Wind ist leise, sanft, fast kein Wind, nicht zu vergleichen mit der heimatlichen Bora. Myrna schaut in die Weite, leise tönt die Sprache ihrer Kindheit zu ihr hinüber, Sätze, Wörter, das Gesicht des Vaters bewegen sich auf sie zu, als stünde sie inmitten jener Jahre wie in einem breitgefächerten Garten. Ein Bild kehrt zurück, schwimmt vor ihren Augen, wird in kleinen Wellenbewegungen zu ihr getragen, fast, denkt sie, wie ein Segelboot auf einem leichten Meer. Erst wiegen sich die vor ihrem inneren Auge aufgetauchten Personen hin und her. Dann werden ihre Konturen klarer, und je näher sie kommen, desto deutlicher erkennt sie ihre Gesichtszüge, ihre Gestalten werden ihr immer vertrauter. Myrna fühlt sich in eine Zeit der ebenerdigen Häuser versetzt und sieht die Mutter, ihre Geschwister, den Großvater vor sich, die gerade ins Dorf gegangen sind. Der Großvater hält seit zwei Nächten Totenwache, mittags ist er kurz zum Schlafen nach Hause gekommen und geht jetzt wieder fort. Die Männer des Dorfes wachen über Väterchen Tomaš' Leichnam. Um wachzubleiben, trinken sie Schnaps.

Myrna möchte nicht mitgehen und täuscht Bauch- und Kopfschmerzen vor. Sie hat gehört, das Wasser aus der Zisterne sei nicht sauber genug und manche Kinder wären tagelang krank davon gewesen. Sie klagt über Krämpfe, ihr sei schlecht, sagt sie. Die Mutter versorgt sie vor dem Weggehen mit einer Wärmflasche und Kräutertee. Dann sieht Myrna die drei immer kleiner werdenden Gestalten ans Ende der Schotterstraße kommen. Gleich an den Feigenbäumen des alten Branko, hinter denen die ersten Zypressen in eine geräumige Allee münden, werden sie von der Landschaft verschluckt. Myrna springt aus dem Haus und rennt in den Garten. Endlich kann sie allein sein. Sie zählt die Blüten des Mandelbaumes, bis erst ihre Augen, dann die Nase, am Schluß das Gesicht und danach der ganze Körper im Wipfelgewoge ruhen und die Weißlinge, zu kleinen Dreiecken gebückt, mit ihr den schwanenfarbenen Blütenflor anschauen. Irgendwann werden die Dreiecke auch zu Blüten, und Myrna zählt sie einfach mit. Ihrer rosenweißen Farbe wegen kann man sie leicht mit den Mandelblüten verwechseln, und ihre Körper hinterlassen auf den Ästen kleine Lichtkegel, die zu schweben beginnen. Das sind meine Sprechzaubereien, sie machen alles schön, denkt Myrna, und ihre Füße steigen wieder herab. Sie setzt sich in den Lebensbaumwald, der Vater hatte die Bäume vor ein paar Jahren gepflanzt. Jetzt waren sie gerade so groß wie Myrna selbst. Sie stellt sich vor, sie wachse einfach mit den Lebensbäumen auf, langsam, geduldig, bis der Vater endgültig zurückkehrt von seinen langen Reisen.

Der Boden ist wie im wilden Kräutergarten auch hier von Fencheldolden übersät. Myrna reißt das Kraut aus dem Boden, ißt die Frucht, den Blütenstengel, und zerkaut die Wurzel.

Die hellen abendlichen Lampen haben die Schmetterlinge angelockt, sie drücken sich um die runde Lichtkugel oberhalb der Eingangstür herum, die Myrna zu schließen vergessen hatte. Im wilden Durcheinander der Schmetterlingsbäuche sieht sie eine Art Fledermaustreffen. Fledermäuse, das sind tüchtige Anbeter des Mondes, sagt Myrna und glaubt, die Fledermäuse verursachten die Sonnen- und Mondfinsternisse, über die zwei, drei der alten Bauern an manchen Abenden sprachen, wenn sie auf dem Dorfplatz saßen und ihre fettigen Hüte im Tageslicht glänzten, als wollten sie davonfliegen und mit den Insekten und Vögeln im Bauch des Himmels verschwinden. In der Kirche nahmen die Männer dann ihre fettigen Hüte ab. Myrna, die es nie verstanden hatte, warum die Alten ausgerechnet über etwas sprachen, das es ganz selten gab, sah sie sonst nie ohne ihre Hüte, die meistens von einer schwarzen Schnur umsäumt waren und je nach Kopfhaltung ihres Trägers hoch- oder hinunterschauten oder ganz einfach da waren, rund, stetig, wie die Jahresringe eines Baumes.

Was die Finsternisse betraf, so hatten sie in Myrna etwas bewegt. Sie war durch das Reden der Männer ganz eigentümlich berührt worden, wie von einer unsichtbaren Hand, die aus dem großen Nichts gekommen war und sich auf ihr Haar gelegt hatte. Das Mädchen stellte sich vor, die Feuerlöcher und Gestirne, die in einer Art rundgehaltenen Luftschicht die Erde umgaben, würden von jenen Fledermäusen ihrer Gedanken ausgefüllt. So jedenfalls hatte sie es mit ihren zu einem Schlitz geknif-fenen Augen vor sich gesehen. Die Kugelgestalt wies

Lücken auf, die durch die Körper der Fledermäuse so abgedichtet worden waren, daß kein Strahl mehr zur Erde hindurchkam.

Wer eigentlich erhielt das Licht von wem, fragte sie sich. Der Mond von der Sonne oder die Sonne vom Mond. Einer der alten Griechen sei von einer Verdekkung durch erdartige Körper am Firmament ausgegangen, las Myrna in Mutters Alleswisserbuch, dessen Blätter mit der Zeit gelblich geworden waren wie die der Bibel im Haus des Dorfpriesters. Aber trotz des Alleswisserbuches glaubte sie lieber an ihre Fledermäuse. Ein anderer Forscher soll später die Einsicht gehabt haben, der Mond erhalte sein Licht von der Sonne und bei einer Mondfinsternis verdecke der Erdschatten den Mond. Ein richtiger Kampf der Gestirne wäre Myrna lieber gewesen. Deshalb stellte sie sich fortwährend die tüchtigen Fledermäuse vor, die flink die Löcher am Himmel füllten, sich Handwerkszeug besorgten und einander begeistert anspornten, weiterzumachen und standzuhalten.

Myrnas Versunkenheit in die Lichtkugel und ihre konzentrierte Aufmerksamkeit auf die umherschwirrenden Nachtfalter wurden an jenem Abend durch Bremsgeräusche unterbrochen. Ihr Vater kam zurück. Seinen Koffer zog er aus dem Gepäckraum, und schon von weitem schrie er Myrnas Namen. Er hatte sie im Lichtschimmer der Eingangsbirne gleich erkannt. Eine Zeitlang erleuchtete das Auto, das den Vater zurückgebracht hatte, noch die gelbe Mittellinie der Allee und entfernte sich dann genauso schnell wie die drei Gestalten am Nachmittag verschwunden waren.

Aus dem Koffer kam allerlei Buntes und Wohlriechendes zum Vorschein. Runde, mintfarbene Seifen, hellblaue Döschen, Schokoladenriegel, Kaffeetüten, Holzfällerhemden, Haarspangen, Wollsocken und Nylonstrumpfhosen lagen wie verlorengeglaubte Schätze alter Welten auf dem weißen Dielenboden. Die anderen Familienmitglieder erschienen und standen übereinandergebeugt in der Tür. Der unrasierte Großvater, die Geschwister und Myrnas Mutter waren sich an der Weggabelung zwischen Schotterstraße und Baumallee begegnet und begrüßten den endlich Zurückgekehrten, der mit strahlenden Augen alle in der Küche zusammenrief und sie bat, auf Couch, Stühlen, auf dem Boden Platz zu nehmen. Dann holte er aus seiner Jacke ein dikkes Bündel Scheine. Als völlige Stille in der wohligwarmen Küche eingekehrt war und das Glucksen und Rufen der Kinder, die Umarmungen der Frau durch eine jähe Armbewegung des Vaters unterbrochen wurden, flogen die Scheine in die Höhe und ergossen sich wie ein reicher Sommerregen über die Schultern der Zuschauer. Jeder raffte so viel und so schnell er konnte zusammen, und bald kam der helle, eben noch von Scheinen bedeckte Holzboden wieder zum Vorschein. Der unrasierte Großvater bekam das aufgesammelte Geld ausgehändigt und verfügte in den nächsten Monaten darüber.

Myrna holt vor allem im Sommer die Platte der Operndiva immer wieder heraus und legt sich auf den Boden. Die Makellosigkeit der Stimme vermischt sich mit den fliegenden Scheinen, mit jenem Schweben und Flattern nach der Rückkehr des Vaters aus dem Ausland. Wie sie auf Vater gewartet hatte, als sei er ein verschollener König. Sie saß immer auf den Steintreppen und guckte den vorbeifahrenden Autos hinterher. Ja, er konnte in jedem Auto sitzen, bremsen, herauskommen und die Scheine in die Luft werfen. Myrnas Sprechzaubereien auf dem Mandelbaum hatten an jenem Tag gewirkt und ihn nach Hause gebracht. Manchmal wirkten sie nicht, führten ihn nicht ins langflurige Haus. Aber die Zaubereien halfen ihr immer, die Länge seines Fortbleibens zu vergessen, und sie ließ nie von ihnen ab.

Heute singt die Operndiva für Myrna, verkleinert die Räume anderer Sehnsüchte, hebt die weiten Entfernungen zu den Menschen ihres Herzens auf, und manchmal stehen sie in der Tür. Wenn Myrna ihnen aufmacht, halten sie Blumensträuße in der Hand, singen Lieder, summen selbstvergessen vor sich hin.

Jeder Mensch hat etwas, das er besonders gut kann. Myrnas Vater brachte Scheine zum Fliegen. Myrna kann warten, das hat sie überall gekonnt, im Lebensbaumwald, unter den Zypressen, auf dem Mandelbaum, beim Anblick der Lichtkugel vor der Eingangstür, im Bestaunen des schnellen Flugs der Vögel, im langsamen Treiben der Schmetterlinge, beim Kauen der wilden Fencheldolden, beim Hören der Opernarien. Die rutschigen Lücken im Bannkreis der Erinnerung haben sich verändert, sind Felder, Gärten, Beete geworden. Man kann auf ihnen laufen, Früchte pflanzen, die Erde umpflügen, sich auf sie legen, in den Himmel gukken, schlafen, singen, dem Vater schreiben, Lieder in die Erde ritzen, Lebenslieder, Vogellieder, Lieder, die einem einfallen, wenn man singen will, wenn die Sonne aufgeht und der Mond sich kugelt, wenn das Meer ansteigt und die Barken unversehrt zurückkehren, wenn alle Autos vorbeigefahren sind und man immer noch die Hoffnung hat, der Vater wird vorbeifahren, bremsen, aussteigen, den eigenen Namen rufen und die schönen Scheine in den Himmel werfen, aus dem sie zurückgeflogen kommen, die sich auf die eigene Schulter legen, so, daß der Vater sie sieht und glaubt, es sind ja genug da, ich brauche nicht mehr wegfahren, kann hier bleiben, der Tochter ein Lied singen.

Pedanios Dioskurides

Die erste Sehnsucht nach Ferne versuchte ich im Wipfel unseres Mandelbaumes zu stillen. Was mich in der Krone des rauschenden Grüns erwartete, war aber bei weitem nicht das, was ich mir erhofft und, wie alle Kinder es tun, oft genug ausgemalt hatte. Wohl war ich dem Himmel ein Stück nähergekommen, bald stellte sich jedoch heraus, daß er durch diesen Aufstieg nur noch mehr entrückt war. Nie zuvor hatte es jemand so weit nach oben geschafft wie ich. Aber das half mir nicht. Bestürzt blieb ich zurück. Es war, als habe man einem aus der Ferne Begehrten unter schwierigen und abenteuerlichen Bedingungen die schönsten Kleider gestohlen und stelle nun fest, daß sie einem viel zu groß sind und daß das Schneidern der Phantasie sich einem anderen Maß als dem der Wirklichkeit verpflichtet fühlte, was sich später allerdings als Vorteil erweisen sollte.

Oft hatte ich die Vorahnung, jemand könnte mich eines Tages an einen Ort bringen, an dem mir der fehlgeschlagene Aufstieg in den blauen Rahmen der Welt als etwas Kostbares verrechnet werden würde. Sicher habe ich vom Tod gewußt, aber Angst hat er mir nicht gemacht. Der erste Mensch, den ich in einem Sarg liegen sah, verströmte einen solchen Frieden, daß ich ihn fast beneidete. Nur der Sarg kam mir überflüssig vor, das strenggezimmerte dunkle Holz irritierte mich. Im Totenzimmer teilte irgendeiner der vielen angereisten Verwandten Orangen aus. Nie werde ich die Freude beim Schälen der Frucht vergessen, während ich in die Helle des Tages hinausging, um das Leuchten der einen Kugel mit der anderen zu verbinden.

Vater war damals auf Reisen. Er kam einen Tag nach dem Begräbnis verwandelt zurück und behauptete von sich, Pedanios Dioskurides zu sein. Er war auf See gewesen. Seinen Bart hatte er wachsen lassen, und das lokkige schwarze Haar verlieh ihm ein seeräuberartiges, stattliches Aussehen. Sein Kopf glich dadurch einer Krone, und ich glaube, wenn man über ihn sprach, sagte man, »die Krone, ja, die ist ihm in der Fremde zugewachsen«.

»Die Tage draußen waren hell«, sagte er und holte aus seinen Taschen Pflanzen hervor, die ich noch nie gesehen hatte. Vater war ein anderer geworden, das spürten alle. Wenn er schwieg, sah er aus, als hielte er Zwiesprache mit etwas, das uns anderen entging. Ich fragte mich, ob es in seiner Nähe Gestalten gab, die nur für ihn sichtbar waren, Wesen, die uns anderen aus unerklärlichen Gründen verborgen blieben oder die sich uns nicht zeigen wollten. Dieser Gedanke war mir nicht fremd. Vater wirkte still, auch wenn er sprach. Man hörte allerlei von ihm, Geschichten vom Mediterran, von den Mittelmeerländern, vom Orient, von dem es hieß, wir seien sein äußerstes Ende. Eine Welt voller Farben und Gerüche hatte Vater mitgebracht. Ich hörte ihm aufmerksam zu, sah, wie gern er erzählte, Spuren verfolgte, die sich in alle vier Windrichtungen zerstreuten, bis nichts von ihnen übrigblieb und er anfing, etwas anderes zu suchen.

Wenn ich mich schlafen legte, hörte ich ihn auf seiner Schreibmaschine mit russischer Tastatur arbeiten, die mir wie ein einziges großes Geheimnis vorkam. Ich glaube, sein Großvater hatte behauptet, diese Schreibmaschine bei einer seiner ersten Reisen nach Rußland einem Petersburger Trödler abgekauft zu haben. Seit seiner Ankunft schrieb Vater auf dem alten Gerät, das man noch draußen im Garten hörte. Lief er quer durch den vor Urzeiten mit breiten, fast unbehandelten Dielen ausgelegten Raum, knarrte das Holz unter seinen Schritten, und der Hall trug sein Gehen zu mir. Einmal stand ich in der Nacht auf. Ich war vom gleichbleibenden Rhythmus seiner Schritte wach geworden, und es trieb mich in unsere noch zu später Stunde lichtdurchfluteten Räume. Es roch nach Jasmin, überall waren kleine weiße Blüten zerstreut, manche stoben in meiner Kopfhöhe durch die Luft. Hier und da flogen mir Zitronenfalter entgegen, mit wunderbar klaren Flügeln, fast durchsichtig, und mir in ihrem Flug so überlegen. Vaters Tür ging auf, und ein starker Wind strömte nach draußen, die Schmetterlinge verschwanden in der Weite der Fensterdunkelheit. Der plötzliche Durchzug hatte sie in die Nacht hinausgetragen.

Vater bemerkte mich nicht. Tief in sich versunken, schlurfte er an mir vorbei, als bestünde ich aus Luft und leeren Wolken. Alles badet im Licht der Erinnerung, so hell wie jenes Zimmer meiner träumerischen Kindheit. Im Arm trug er unzählige getrocknete Blüten. Ich wußte nicht, wo er all diese wohlduftenden Dinge herhatte, die wie seine zweite Haut wirkten. Während ich ihm zuschaute, begriff ich, daß er Fähigkeiten besaß, die es ihm ermöglichten, die Gerüche der Pflanzen einzufangen. Ich verstand es, ohne daß sich ein Gedanke in mir geformt hätte, einfach indem ich die Pflanzen ansah, deren Gerüchen ich schon lange verfallen war. Von diesem Tag an nannte ich meinen Vater insgeheim *Gerüchefänger* und stellte mir vor, er besäße einen unsichtbaren Korb, in dem die Düfte verschwanden.

In derselben Nacht sah ich ihn Wurzeln, Säfte, Früchte, Blütenstengel und Kraut aufteilen. Ich verstand ihn auf Anhieb, ohne wirklich wissen zu können, was er da eigentlich tat. Als er einige Zeit darauf »seine zwei Ecken« einrichtete, die Arzneimittelstapelecke und die Küchengewürzstapelecke, fühlte ich mich als Teil seines unsichtbaren Lebens, das mir sogleich gefiel.

Vater fing nur zögernd an, über die Pflanzen zu sprechen. Aber dann faßte er Vertrauen zu mir als Zuhörerin und erzählte von den bacchischen Kulten, in denen meine Lieblingspflanze, der harmlose Fenchel, regelmäßig verwendet wurde. Oft redete er in Rätseln, benutzte fremde Wörter, die ich nicht verstand. Aber er schwieg auch lange, und gerade in solchen Augenblicken brachte er mir bei, daß Rästelraten schön ist. Irgendwann verriet mir Vater, er schreibe an seinem *Handbuch der abendländischen Arzneimittelkunde.* Er sagte »an seinem«, als gäbe es das schon, als wüßte man, was das für ein Handbuch sein sollte. Diese zunächst undurchsichtige und mich selbst aus der Balance bringende Formulierung hinterfragte ich nicht, wollte ich ihn doch nicht verärgern. Gerade erst hatte er angefangen, mir kleine Stunden zu erteilen, Lektionen, wie er sie nannte.

Am liebsten sprach er über Aloe. »Die Gattung der Liliengewächse«, begann er in gleichbleibender Tonlage, mit tiefer Stimme und seiner Sache sicher, »hat zweihundertfünfzig Arten, Sträucher und Bäume. Sie ist in Afrika und Asien beheimatet. Aloe-Arten sind im dritten und zweiten Jahrhundert vor Christus in Babylonien und Indien für Heil- und Räuchermittel oder als Drogen, in Ägypten zusammen mit Myrrhe für Konservierungsmittel beim Einbalsamieren in Gebrauch gewesen«, sagte er und räusperte sich. Die durch sein Räuspern entstandene Pause zeigte mir, wie viel ihm daran lag, diese Stunden lohnend für mich zu gestalten. Manchmal sah er dabei gelehrig aus, stets aber fehlte ihm der knöcherne Ernst eines Lehrers. Sein Gesicht war niemals hart, vielleicht empfand ich es sogar als fließend. Ich schaute in sein Gesicht wie in eine weite Flußlandschaft, in der sich alles verlor, was angst machte. Hier, in der Obhut seiner Augen, gab es nur ein großes Wohlsein. Darin tauchte ich ein und blieb, glücklich und jung, umhüllt von seiner Liebe.

Es fiel mir nicht schwer, von ihm zu lernen. Ich nahm ihn sehr ernst, so, wie man Heilige ernst nimmt, von denen man im Grunde nichts anderes kennt als den eigenen Glauben an sie. Wie also sollte ich die Stunden, die meinem eigenen Inneren entsprungen waren, nicht genossen und seinen Vorträgen nicht mit Lust zugehört haben. Ich vertraute ihm.

Nach den Worten meines Vaters – der keinen Zweifel daran zuließ, daß er Pedanios Dioskurides sei – bezog man im alten Griechenland Aloe vor allem aus Indien und Arabien. Bei den Griechen und Römern kaute man das Holz der Aloe zur Atempflege und verarbeitete es zu duftenden Salben. »Das ging alles ziemlich gut«, sagte Vater beschwingt, da er meinen Stift am Ende der

Stunde besonders flink über das Papier fliegen sah, »bis Marc Aurel kam und Steuern auf die Einfuhr der Pflanze erhob.«

Es war eine Welt von Fühlungen, die Vater mir erschloß und die sich auf eigentümliche Weise in jene erste Sehnsucht nach Ferne verwandelte, die mich das erste und einzige Mal in die Höhen unseres Mandelbaumes getrieben hatte. Vielleicht hatte ich nur darauf gewartet, daß Vater zu dieser Ferne wurde, zum Wipfel meines Baumes, der über mich hinauszuragen begann, als ich nicht mehr an ihm festhielt.

An den Nachmittagen zog sich Vater in sein Arbeitszimmer zurück. Bis zum späten Abend blieb er dort. Ich schlich um seine Tür herum, und viele Male ertappte ich mich dabei, ungeachtet der Gefahr, sein Vertrauen zu verlieren, wie ich durchs Schlüsselloch etwas von seiner schwebenden Gestalt zu erhaschen versuchte, aber immer nur in eine phosphoreszierende Helle hineinschaute, die alles, auch seine Schritte, verschluckte.

Einmal gelang es mir, unbemerkt die Tür zu seinem Arbeitsraum zu öffnen. Ich sah ihn in einem benachbarten Zimmer verschwinden, von dessen Existenz ich bis zu diesem Tag nichts gewußt hatte. Ich folgte ihm wie in der Nacht, als ich ihn zum ersten Mal mit seinen Blüten gesehen hatte. Der hintere, langgezogene Raum verband den Keller mit einer engen Treppe, die Vater hinunterging und auf der ich hinter ihm herlief.

Im Keller war es stockfinster. Es roch nach Moder. Etwas fing an zu ruckeln, es pfiff und rumorte vor sich hin. Nur langsam gelang es mir, mich in der Dunkelheit zurechtzufinden. Das erste, was ich sah, vor allem aber hörte, war ein dickbäuchiger Destillierkessel, der wie eine Miniaturlokomotive in gleichmäßigen Abständen ratterte. Mehrreihige Blütenstapel lagen in einem Regal hinter dem Kessel. Sie erinnerten an die kyklopischen Mauern, von denen Vater mir erzählt und die er mir immer wieder in unseren »Stunden« aufgemalt hatte. Zwischen den Blüten glitzerten kleine Steinchen, die wahrscheinlich aus irgendeiner Erdschicht ausgegraben worden waren und die der Baumeister der Pflanzenmauer des besseren Halts wegen dazwischengeschichtet hatte. Unzählige kleine braune Fläschchen waren zu sehen. Geheimnisvolle Zahlen in einer Handschrift, die an jene meines Vaters nicht nur erinnerte, nein, sie war die seine, flimmerten vor meinen Augen. Die Fläschchen glichen Körpern von Bienen. Runde grüne Baumkronen ragten aus den Steinwänden in den Raum hinein, und ein meterhoher Drachenbaum bewegte seine länglichen Blätter hin und her, die vom weißen Dampf des Kessels ab und zu erleuchtet wurden. An der hinteren Wand prangte ein riesiges Leinentuch, das von mehreren Löwenköpfen bewacht wurde. Darauf leuchteten mir riesige Buchstaben entgegen. Laut las ich mir vor, was ich zu sehen bekam:

»Priester, Heiler und Alchimisten sind zu verschiedenen Zeiten und an verschiedenen Orten der Welt hinter das Geheimnis gekommen, Pflanzen ihrer Düfte zu berauben und diese einzufangen wie einen Geist in der Flasche. Auf der Suche nach dem Stein der Weisen fanden die Alchimisten die Seele der Pflanzen, wie sie die ätherischen Öle nannten.« Und dann, direkt dahinter, mit einem Sternchen versehen ... *ätherisch heißt himmlisch.*

Die Kästchen und Kartons unter dem Leintuch enthielten Rosen-, Jasmin- und Kamillenblüten. Vater hatte in Kleinbuchstaben *römische und deutsche Kamille* darauf geschrieben. Im nächsten Kästchen lagen Blätter der Melisse, von Thymian und Salbei, in einem etwas größeren Karton waren Angelika und Vetiver sorgsam nebeneinander aufbewahrt worden. Die Samen des Anis, Kümmel und Koriander füllten mehrere länglich geblasene Gläser. Sandel-, Rosen- und Zedernhölzer lagerten in verschiedenen mittelgroßen Truhen. Im Harz des Weihrauchs, der Myrrhe und der Benzoe glänzten Fäden. Fruchtschalen sämtlicher Zitrusfrüchte strahlten mich an.

Vater hatte Notizbücher angelegt, die alle mit einem Datum versehen waren. Eines hatte er mit römisch »I.« überschrieben. Beim näheren Hinsehen wurde mir klar, damit konnte er nur das erste Jahr nach Christus gemeint haben. Weiter unten stand ein scheinbar erst vor kurzem vorgenommener Eintrag über Lavendelöl, das »bis heute in hundertsechzig Stoffe isoliert worden war«. In Klammern: »Rose: 137«.

Nirgendwo war die Wüstenpflanze Aloe zu sehen. Ich wußte ja sehr genau, wie sie aussehen mußte, und kam mir allmählich vor wie in einer Prüfung, der ich mich ohne meinen Willen unterzog. Ich fand Aloe nicht. Vielleicht konnte Vater deshalb so viele Geschichten über sie und ihre feuchtigkeitsbergenden Blätter erzählen: Weil es sie in seinem Keller nicht gab.

Seit wir in den Keller gegangen waren, hatte ich Vater gar nicht mehr gesehen. Dabei war ich mir sicher, er selbst habe mir den Weg in seine geheimen Räumlichkeiten gewiesen. Schließlich war ich ihm doch nur gefolgt. Wie sonst sollte ich in dieses Schauspiel hineingeraten sein? Ich rief nach ihm und hörte nur einen in der Ferne ankommenden Hall meiner eigenen Stimme, die sich auf dem Weg zu mir zurück verlor, als habe sie jemand aus der Luft gegriffen und in einen anderen Himmel getragen. Meine Stimme gab es nicht mehr, ähnlich jenen luftigen Körpern, die sich uns in den Träumen zeigen, bevor sie eine andere Gestalt annehmen.

Ich verließ den Keller mit dem Gefühl, in der Dunkelheit hinter meinem Rücken löse sich alles auf, was ich noch kurz zuvor zu sehen bekommen hatte. Längst ratterte der Destillierkessel nicht mehr wie eine Miniaturlokomotive. Ich lief durch das Arbeitszimmer und schloß hastig die Tür ab, legte mich in mein warmes Bett und träumte davon, daß Vaters *Handbuch der abendländischen Arzneimittelkunde* eines Tages in zahlreichen Übersetzungen und Paraphrasen erscheinen würde: auf lateinisch, syrisch, persisch, arabisch, hebräisch und türkisch. Stattliche fünf Bände haben Vaters Naturreiche eingenommen, merkwürdig, daß es nicht mehr geworden sind, und merkwürdig, wie gut es mir ging.

Das Buch der Träume

Niemand soll sagen, ich hätte Angst vor der »Träumerin« gehabt. Nein, Angst war es nicht, was ich beim Anblick jenes schwarzen, abgegriffenen Buches empfand, das Mutter wie einen Schatz in der hintersten Ecke ihres Kleiderschranks hütete. Es war eine Zeit, in der die Bilder zu schweben begannen. Sie gingen fort und erschienen mir in neuer Gestalt, kamen oft in einem unvermuteten Zusammenhang mit einem neuen Namen zurück.

Mutters »Träumerin« war ein Schlüssel zu den Bildern, ein Deutungsbuch, das alphabetisch angeordnet war und uns, vor allem aber meiner Mutter, Aufklärung, zumindest mögliche Lösungen des nächtlichen Bilderlebens anbot. Die wildesten Erklärungen waren in diesem Buch nachzulesen, und wenn der Traum uns nicht allzu sehr mitgenommen hatte, lachten wir über diese Buntheit und fragten uns, wer um Himmels willen all das jemals träumen sollte oder ob es je von einem Menschen geträumt worden war.

Ich sammelte in diesen morgendlichen Stunden meine ersten Erfahrungen von Leichtigkeit und Stille, die sich auf alles legten, auch auf unsere lachenden Gesichter. Später habe ich versucht, durch den Tunnel meiner Gedanken in diese Tage zurückzukehren, mich in die Bilder einzufügen, in jene Ecken der Erinnerung, die nach Jahrzehnten des Fernbleibens noch immer voller Wärme sind. In den meisten Fällen erwies sich dieses Gefühl als eine unbestimmte Sehnsucht nach jenen unbeschwerten morgendlichen Plaudereien, die mich mit der Mutter auf eine Weise zusammenbrachten, wie es meine Geschwister nie erlebt haben. Entweder waren sie zu diesem Zeitpunkt noch zu klein, um derartiges empfinden zu können, oder aber sie interessierten sich nicht für Träume, spielten lieber Fangen und ärgerten den Hund, den Großvater wie einen Gefangenen an die ärmliche Hütte angebunden hatte. Damals, als mich die nächtlichen Bilder mit Mutter verbanden, habe ich geglaubt, die Schwester und der Bruder träumten nichts. Deswegen kamen sie mir so fade vor mit ihren immer gleichen Spielen, von denen sie nie genug bekamen.

Das Alphabet lernte ich mit der »Träumerin«. Jeder Buchstabe enthielt unzählige Träume, das A beispielsweise fing mit einer Ameise an, die vom Verfasser gezeichnet und mit längeren Erklärungen versehen worden war. Hatte man von einer Ameise geträumt, so werde etwas beinahe Unsichtbares und Kleines über einen kommen und den Körper bekrabbeln. Das bedeute Gefahr, und man war durch den Traum aufgefordert worden, Aufmerksamkeit zu üben. Nur an einem selbst lag es nun, wachsam zu sein. Anfangs führte das dazu, daß ich mir unzählige Ameisenseelen als meine erste und bis heute einzige mörderische Schuld auflud. Die Botschaft der »Träumerin« nahm ich sehr ernst, ich verstand sie als echte Warnung. Was anderes hätte ich denn tun sollen, als mit einem großen flachen Stein bewaffnet auf die Ameisenhügel loszugehen und ihre Bewohner entweder sofort zu töten oder aber, und das erschien mir nach einer Weile erträglicher, die Löcher in der Erde so zu verstopfen, daß die Ameisen nicht mehr hinausfinden konnten.

Die Ameisen, die ich in den Gräsern und an Erde reichen Gartenecken unseres Anwesens gesehen hatte, mußten von dort direkt in die nächtlichen Bilder gewandert sein. Auch war ich mir sicher, daß sie allein es zu verantworten hatten, Träume mit Bedeutung geworden zu sein, die mir und Mutter unablässig Botschaften schickten. Wie erschrak ich deshalb, als Mutter mir eines frühen Morgens erklärte, was ein Teufel ist. Lang und breit malte sie mir seine Hörner in den fürchterlichsten Einzelheiten aus, bis ich, wie in Bann geschlagen, nichts mehr sagen konnte. Als ihre Finger auch noch zum Buchstaben T der »Träumerin« wanderten und ich das häßlichste und mieseste Geschöpf erblickte, das ich jemals in meinem Leben gesehen oder mir auch nur annähernd vorgestellt hatte, fing ich an zu weinen und ging, zutiefst bestürzt von der Gemeinheit der Mutter, aus dem mir ansonsten heiligen Zimmer.

Das langgezogene, durch und durch in Falten gelegte Gesicht des Teufels ließ mir keine Ruhe. Ohnehin hatte ich mir nur Schlimmes über ihn gemerkt. Es hieß sogar, er habe sich in der einen oder anderen Nacht Frauen unseres Dorfes in sein Haus geholt. Diese seien, betonte man rasch, allerdings selbst schuld, da sie sich von ihm hatten verzaubern lassen. Wille und Widerstand waren gebrochen, so daß sie ihm nun ergeben die gewünschten Söhne gebären würden. Und Nachfolger hätte er sich seit der Zeit der zwölf Apostel gewünscht, um eine genauso schöne Tafel ausrichten zu können wie jene, die wir – Menschen, die an Gott glaubten – das letzte Abendmahl nennen.

Es wollte mir nicht in den Kopf, daß eine so böse und

verrunzelte Gestalt uns die schönsten Mädchen stahl. Wie dem Teufel das gelungen ist, habe ich mir in voller Verzweiflung, aber leider nie mit einem befriedigenden Ergebnis zu beantworten versucht. Ich verstand es einfach nicht, denn wo hätte er seinen Wohnsitz haben und wo nur hätte er all diese geklauten Schönheiten versteckt halten können. Natürlich habe ich nach ihm nicht wie nach jenem Ameisenhaufen gesucht. Ich hielt es jedoch für möglich, daß es eine Stelle gab, an der sich auch Teufel treffen müßten, bis ich erfuhr, es gäbe nur diesen einen und der sei so alt wie die Welt. Darum gab man mir mit unruhigen Handbewegungen zu verstehen, daß es schwierig sei, ihn zu fassen. Nur wer sich mit dem Teufel einließe, der habe das Nachsehen und würde vom Fürsten der Dunkelheit nicht mehr verschont.

Manchmal hörte ich auch, der Teufel, das sei nur ein Bild und nichts weiter. Das aber beunruhigte mich nur noch mehr, wußte ich ja selbst am besten, welchen Schrecken die Abbildung unter dem Buchstaben T in Mutters »Träumerin« mir eingejagt hatte. Andere sprachen davon, daß es den Teufel überhaupt nicht gebe, der stecke allein in einem bösen Menschen.

Über Monate hinweg schlief ich schlecht. Die Vorstellung, man könnte irgend etwas Unachtsames tun, womit man dem Teufel Einlaß in den eigenen Körper gewährt hätte, war furchtbar. Dieser Gedanke ließ mich nicht los, und langsam begann ich, meine Mitmenschen verdächtig anzuschauen und mir ihre Gesichtszüge genau einzuprägen. Heimlich schlich ich ins Zimmer meiner Mutter, ging zu ihrem Kleiderschrank und holte mir die »Träumerin« heraus, setzte mich auf die alte, an türkische Zeiten erinnernde Couch und arbeitete mich zum Buchstaben T durch. Mein Ziel war es, mir die Ausstrahlung dieser mit vielen bösen Worten bedachten Gestalt so genau wie möglich zu merken, um sie immer wieder erinnern zu können und auf niemanden hereinzufallen, der sich als eine schöne Person darzustellen vermochte, in Wirklichkeit aber die Züge des Teufels trug.

Ich weihte keinen Menschen in meine Gedanken ein, auch Mutter nicht, die sehr wohl wußte, daß mit mir etwas geschah, von dem ich sie dieses Mal ausschloß und worüber ich kein Wort verlor. Im Grunde wollte ich die Sache wie mit den Ameisen lösen, stand aber immer wieder vor den verschiedenartigsten Problemen. Nicht zuletzt machte mich der Gedanke, einen meiner Mitmenschen mit einem Stein erschlagen zu müssen, ganz nervös, und so habe ich meine Pläne wieder verworfen.

Es fiel mir nicht leicht, eine Welt zu akzeptieren, die sich nur im Inneren des Menschen abspielte und für mich nicht faßbar war. Es bekümmerte mich zutiefst, daß jene Träume, über die Mutter und ich so lange sprachen, auch zu dieser unsichtbaren Welt zählten. Aber wo nur war der Unterschied, warum entwischte mir der Teufel, wohin rannte er, warum kam er zurück, erschreckte und verlachte mich?

Ich weiß nicht, ob Mutter auch nur im entferntesten geahnt hat, was mich beschäftigte, und ob sie sich darüber im klaren war, daß ich im Grunde nur ihr die Schuld gab an meiner ganzen Misere. Schließlich war sie diejenige, die mir das erste Mal ein Bild für ein gefürchtetes Wort geliefert hatte. Sie war mir damals nicht nachgelaufen, als ich, in Tränen aufgelöst, unser von der

Morgensonne durchflutetes Zimmer verließ und nie wieder in der Lage war, mich den nächtlichen Bildern unbefangen zu öffnen und auf die Auflösung des Rätsels zu warten, wenn Mutter die »Träumerin« in die Hand nahm und die Buchstaben durchging, die an diesem Tag von Bedeutung waren.

Das schwarze Buch wurde mir unheimlich. Ich ging nicht mehr zu Mutters Schrank, um es mir unbeobachtet anzuschauen, aber ich konnte es auch nie wieder vergessen. Auf den abgegriffenen Deckeln war ein großes Auge in einem Dreieck. Damals sagte ich, das Auge wohne darin. Nachts, wenn ich allein in meinem Bett lag und langsam in den Schlaf fiel, sah ich die weiße Umrandung des Dreiecks deutlich vor mir. Das Weiß leuchtete. Um das Auge herum, es war das größte Auge, das ich bisher gesehen habe, wuchsen wilde Blumen. Sie waren von einer fremden Schönheit, und ich kannte keine einzige mit Namen. Sie aber schienen mich schon lange zu kennen und wußten, wie ich heiße. Mit menschlichen Stimmen riefen sie nach mir. Niemals wäre es mir in diesem dämmerartigen Zustand in den Sinn gekommen, an ihren guten Absichten zu zweifeln. Ihre feinen langen Blüten öffneten sich, wie mir schien, allein für mich. Im Innersten der Blüten roch es verlockend nach Zimt und Vanille, und schon nach einem Lidschlag formte sich eine unbeschreibliche Weite im Gehäuse der weichen Blätter. Ich ging den Weg in die Blume ganz langsam. Es war mir alles sehr vertraut. Doch dann stellte sich der Teufel mitten in diese friedliche Welt und wich nicht mehr von der Stelle. Er harrte aus und ließ meinen Zorn an sich abprallen. Dann kam es aber doch zu einer unerwarteten Wende.

Eines Nachts, ich war sehr spät und völlig übermüdet von einem meiner ersten Schulausflüge nach Hause gekommen, hatte schnell noch etwas gegessen und mich hingelegt, öffneten sich jene fremden Blüten wieder. Im Grunde war gar nichts Besonderes geschehen. Ich hatte nur vergessen, an den Teufel zu denken. Ich glaube, ich schlief sehr schnell ein und träumte von geäderten Wolken und davon, daß es keine Angst gab. Im Traum hörte ich das Surren meiner Zellen. Große, mehrstöckige, aus reinem Licht errichtete Gebäude tauchten auf. Majestätisch ragten sie in den Himmel und glänzten zugleich auf der Erde. Ich löste mich auf, wurde eins mit den Stockwerken, entfloh auf einen Baum, schwamm schattenbefreit auf die andere Seite der Erde. Wie alles so schön war, und wie es strahlte: Alles sah ich, Lungen, Waden, Herzen, Fußgelenke, Drüsen, Erdzentren; Stimmen wurden zu Bildern, und auch Gehörgänge konnte ich sehen, Kehlen, aus denen Lieder strömten, hörte ich. Welche Ankerplätze und welches feierliche Glück!

Wie schnell ich verstand, das weiß ich nicht mehr: Der Teufel war seit dieser Nacht geschrumpft und zu dem geworden, was er von Beginn an war, weniger noch als unsichtbar, ein tiefer Fall, ein einfacher Krieger. Er schreckte mich nicht mehr, er war ein Teil von mir, und diesen Teil hatten in der Nacht, so sagte ich es meiner Mutter, die Blumen vor lauter Hunger aufgegessen. Ihnen schadet er nicht. Ihr Appetit war zwar groß, aber größer noch waren sie selbst. Größer waren ihre eigenen Bilder.

Einen Sommer lang träumte ich immer an den Nachmittagen. Entgegen der landläufigen Annahme, Träume seien tagsüber nahezu unmöglich, träumte ich gerade am Tag. Die Bilder flogen nicht aus dem Kopf, sie blieben in meinen Augen. Wochenlang hatte ich das Gefühl, Teil einer zusammengewürfelten Museumseinrichtung zu sein, mit leibhaftigen Menschen und gewöhnlichen Dingen, die sich demnächst in Nichts auflösen würden.

Die Museumsleute richteten sich in meiner Wohnung ein und beanspruchten Aufmerksamkeit, Zuwendung, Pflege bei aufkommenden grippalen Infekten, ausgewogene Ernährung, Bücher – alles, was auch Menschen brauchen, um einigermaßen glücklich zu sein.

Eine der Anwesenden zog mich besonders an. Während ich mit allen anderen mühelos ins Gespräch kam, blieb diese Frau unerreichbar. Wenn ich mich ihr näherte, schien sie sich in Luft aufzulösen. Mir wurde beklommen zumute; als fiele ich aus meinem Tag heraus; als gehörte ich nun selbst zu den Museumsleuten.

Jedes Mal, wenn eine andere Traumbesatzung in meinen einsamen Nachmittagen Fuß zu fassen versuchte, spürte ich, daß die Frau wieder unter ihnen war. Sie änderte immer ihr Aussehen. Ihre zurückhaltende Art, sich im Kabinett der Schlaflosen zu bewegen, hatte mich rasch auf ihre Seite gebracht. Ich erkannte sie an ihrer Zurückgenommenheit. Sie stand meist abseits, wie ich selbst in solchen Situationen. War sie längere Zeit mit den anderen zusammen, wußte ich immer, wann sie sich von der Gruppe lösen würde. Sie hatte einen langen Weg hinter sich, war von weit her angereist, aus dem hohen Norden. Sie kam aus einem Flimmern zu mir und stieg, Wolkenfelder hinter sich lassend, leichtfüßig in meinen Raum. Im Sonnenleben ihrer Augen sah ich ganze Bergdörfer und Städte vorbeiziehen. Sie schaute mich an, ohne etwas zu sagen. Ihr Schweigen legte sich wie eine warme Mutterhand auf mich. Die Liebe ihres Blicks strömte in meine kleinen Zimmer. In alles kehrte Ruhe ein.

Ihr faltiges Gesicht war milchweiß und erinnerte mich an gerade aufgegangene Blüten der Kirschpflaume, den ersten blühenden Gruß des Frühlings. Du und ich, sagte sie, wir beide sind »Blütengeborene«. Ich wußte nicht genau, was das ist, war aber froh, die Frau nun endlich sprechen zu hören. Ich schwieg, um sie nicht vom Weiterreden abzubringen. Erst jetzt bemerkte ich einen strahlenden Ring, der die kleine Gestalt umschlang, ja, geborgen hielt. Ich konnte schon an nichts anderes mehr als an die feinen weißen Blüten der Kirschpflaume denken. Ich hatte Angst, die Frau dadurch zu vertreiben, und versuchte sie nur anzuschauen, was mir aber nicht gelingen wollte. Ihr etwas mitzuteilen, sie etwas zu fragen, brachte ich nicht zustande. Sie ging fort, und lange Zeit sah ich sie immer nur in Gesellschaft der versammelten Museumsleute.

Wenn die Frau mich anblickte, hatte ich den Eindruck, meine Stimme würde verschwinden. Als ich den Versuch machte, mit ihr zu reden, krächzte es aus meiner Kehle, und ich schwieg. Wie am ersten Tag des Lebens, dachte ich. Mutterwasser, große Hände, ferne

Lieder, Worte, immer wieder Worte hinter der ersten Stille, nach dem ersten Atemzug. Gedächtnislichter leuchteten auf. Meine Füße bewegten sich. Ich ging auf die Frau zu, sah, wie die Museumsleute einer nach dem anderen zur Tür hinausgingen, und war nun allein mit ihr im Raum. Sie sprach mich als »Blütengeborene« an. Ihre Hand berührte mich sanft. Jedes Wort wurde ein Bild. Ich sah die Welt, die ich mir durch meine Gedanken erschaffen hätte, wäre ich der Frau nicht begegnet. Wer war sie, die diesen Bilderstau in mir auslöste? Wer war ich, die jetzt in diesem Bilderstau festsaß? Ich wollte weglaufen. Jeder Schritt, den ich tat, war ein Schritt zurück. Es gab kein Entkommen. Jeder Versuch, der großen Bilderhand zu entgehen, endete in Selbstmitleid. Ich sah meine eigenen Körperteile, jeden für sich. Sie flogen fort und irrten umher. Ich hatte mir vorgenommen, sie zusammenzurufen, sie aufzuhalten, aber es gelang mir nicht. Ich gab auf. Die Bilder rollten sich wie ein Teppich aus, der seine Richtung schon kennt. Ich irrte umher. Stürme kamen auf, und der Wind hielt sich an nichts. Er ließ alles verändert zurück. Ich fiel hin, die aufgeschürfte Haut lockte Insekten an. Ich begann mir einzubilden, ich besäße mehrere Körper, die alle gleichzeitig weh taten. Die Frau war längst fort. Alles versank im Namenlosen. Ich sehnte mich nach den davongeflogenen Körperstücken. Nichts konnte mein Herz gewinnen, bis ich bemerkte, daß es gar nicht mehr da war und mit den anderen Teilen davongeflogen sein mußte. Vielleicht kreiste es orientierungslos irgendwo im leeren Raum. Ich schlief sinnlos vor mich hin. Alle Menschen, die ich kannte und einmal geliebt hatte, waren verschwunden, wie aus meinem Inneren gelöscht, und nicht mal meine Toten waren mehr da. Außer Gestrüpp und gespensterhaften Baumfetzen sah ich nichts. Endlich schaffte ich es, einen Zipfel Sonne auf mich niederstrahlen zu lassen. Jetzt erkannte ich erst, welche Einöde sich um mich herum ausbreitete.

Ich fing an zu schreien. Etwas sagte, ich solle nicht so wehleidig sein. Erst hielt ich es für eine der vielen inneren Stimmen, bemerkte aber dann, daß es sich um ein Lebewesen handeln mußte. Offensichtlich hatte es schon immer in mir gewohnt und sich nun entschlossen gezeigt. Ich fing an, dieses Etwas zu beobachten. Es röchelte und versuchte, wach zu bleiben. Aber dann wurde es vom Schlaf übermannt. Ich ging ins Haus, holte eine Schere und schnitt ihm sein Haar ab. Ich bin ich, sprach es nun aus mir heraus, und meine Vielgestalt macht mir keine Angst.

So ging er vorbei, der traumbeladene Sommer, in dem ich in alte Bilder geraten war.

Windspiele

Für G. v. W.

Es gibt Tage, an denen das Licht sich tief in die Landschaft bettet. Auf der kleinen Insel Loševo waren diese Tage keine Seltenheit, hier legte die Sonne flutende Spuren auf die Erde, denen die Menschen folgten und von denen sie umspielt wurden. Solche verschwenderisch schönen Tage brachten ihnen Glück, das sie nicht vergaßen und das wie ein lebendiges Wesen in ihnen weiterlebte. Sie glaubten dann, selbst die Spurenleger der Helle zu sein. Sie lachten, unter ihren Augen sah man runde Spiegelungen, über die sie sich freuten. Daran sollte sich nichts ändern. Und wenn es doch einmal der Fall war, so zeigte es sich zuerst am Licht. Die grünen Hänge, auf denen die Bäume in die Weite des Himmels hinausragten und ihre Wurzeln in die steinige Erde wachsen ließen, sahen nun bedrohlich grau aus. Es half nichts, sie mußten sich, wie jedes Jahr, um die Sonne kümmern.

Wie immer, wenn die Sonne gerufen werden mußte, suchte man einen der schönsten jungen Männer aus. Dieses Jahr fiel die Wahl auf Roš. Als seine Gestalt hinter dem letzten Olivenbaum verschwunden war, konnte man sicher sein, daß er die Wanderung entlang der Küste auf sich nahm und, wie vorgeschrieben, den heiligen Weg ins Gebirge ging. In den Häusern legte man helle Tücher über die Dinge und begann zu beten. Die Kinder hörten zu spielen auf.

Zur gleichen Zeit, auf dem Gipfel, breitete Roš seine Arme aus. In die Stille des Berges hinein bat er um ein

Zeichen der Sonne. Da nichts geschah, mußte er das Ritual durchführen, in das er kurz vor seiner Reise eingewiesen worden war. Er schnitt sich unter seinem linken Auge eine Rundung ins Fleisch und ließ das Blut auf die kahle Erde tropfen. Mit verbundenen Augen, wie es der Brauch vorsah, stieg er langsam wieder zum Meer hinab. So sehr er sich auch bemühte, es wollte ihm nicht gelingen, jene vertraute Wärme in sich zu finden, die er schon so oft erlebt hatte, als er den Spuren der Sonne gefolgt war und sich selbstvergessen der Erde anvertrauen konnte. Anstatt der erwünschten Scheibe hatte er jedoch immer nur die Gesichter der Dörfler vor seinem inneren Auge. Was er auch tat, um sich von ihnen zu befreien, es gelang ihm nicht. Durch einen dichten Nebelschleier blickte er auf eifrige Münder, die Ratschläge erteilten. Jeder wollte einen Hinweis loswerden, den er für besonders klug hielt. Der Junge fühlte sich gedrängt. Einer sagte beispielsweise, er solle sich den Berg runterrollen lassen und sich dabei vorstellen, er werde rund wie die Sonne. So gut gemeint diese Ratschläge auch waren, so wenig brauchbar schienen sie dem Jungen. Nichts von all dem konnte er sich vorstellen. Nur eines leuchtete ihm ein, jedoch nicht, weil es realistisch klang, sondern weil es ein Bild in ihm traf, das er vergessen hatte und an das er sich jetzt wieder erinnerte. Einer seiner Vorgänger hatte auf seinem Weg ins Gebirge fliegen lernen müssen, um die Sonne aus dem Himmel hinter dem Himmel zu holen, wo sie in der gefürchteten Schwärze verschwunden und nicht mehr wegzulocken gewesen war. Roš aber hätte nicht gewußt, wie er das vollbringen sollte. Fliegen, er konnte es nicht einmal denken. Außerdem war die Insel Loševo klein, und um sie herum sah man nur Wasser. Was, wenn er nicht mehr fliegen konnte. Niemand würde wissen, daß er im Meer ertrunken war.

Die Wunde unter seinem Auge blutete und pochte immer heftiger. Seine Füße taten weh, und er verlor einen Schuh, als er unvorsichtig an vorspringenden Klippen Rast machte und beinahe abgestürzt wäre, weil er mit allem, nur nicht mit dem Gehen beschäftigt war. Tagelang irrte er im Gebirge umher. Die Stimmen in seinem Kopf wurden lauter. Ratlos blieb er stehen und versuchte, eine dieser Stimmen als die eigene zu erkennen, was ihm selbst unter größter Anstrengung nicht gelang. Er fing an zu weinen und hämmerte mit den Fäusten gegen seinen Kopf. Doch die Stimmen blieben. Das einzige, was er bewirkt hatte, war ein noch stärkerer Schmerz unter seinem Auge, hinter dem sich, so stellte er erbittert fest, ganz offensichtlich keine Sonne befand. Was hatte er nur falsch gemacht, fragte er sich. Konnte er denn alles so sehr mißverstanden haben? Todmüde schlief er ein. Als er aufwachte, spürte er seine Füße nicht mehr auf der Erde. Sie schwebten, und ein warmer Wind umspielte seinen seit Tagen ausgehungerten Körper und trug ihn schließlich fort. Er wehrte sich nicht, ließ es zu, blieb in den Lüften. Es war das schönste Gefühl, das er seit seiner Expedition ins Gebirge kennengelernt hatte. Er dachte jetzt nicht mehr an seine Aufgabe. Da seine Augen noch immer verbunden waren, sah er nichts. Außer seiner inneren Stimme vernahm er keine mehr. Da er nach einiger Zeit an seinem Ziel angekommen schien, setzte ihn der Wind auf dem weichen Boden ab, der unter seinen Füßen leicht nachgab. Roš stieg das Gebirge hinunter. Er sang der Sonne ein Lied. Es war plötzlich in ihm aufgestiegen, jenem Wind vergleichbar, der ihn fortgetragen und in die Mitte einer ihn empfangenden Landschaft geführt hatte.

Als er bei den Leuten ankam, sangen sie schon seine Worte nach. Durch den stark tragenden Hall hatten sie alles fast zeitgleich vernommen. Sie klatschten in die Hände und küßten die kleine Rundung unterhalb seines Auges. Erst zart und dann immer kräftiger begann das Licht aus seiner Wange herauszuströmen. Ein langer Strahl ging nun von ihr aus, und der Himmel tat es ihm nach. Auch aus dem schwarzen Tuch der Nacht begann es zu leuchten. Zaghaft kamen die ersten Glitzer auf den Wiesen an. Die Bäume waren grün wie eh und je, man sah nun das Blau des Meeres, das Weiß der Zähne, das Braun und Grün der Augen, die gelben Schmetterlinge flogen in scheuen Gruppen an den großen Tischen der fröhlich gestimmten Menschen vorbei, die sich wieder in ihre Gärten gesetzt hatten.

Der Junge, der ihnen all das wiedergebracht hatte, lag auf einer Wiese und schaute auf die Erde. Er glaubte, durch sie hindurch sehen zu können, und sah ein Rot, das immer wieder wellenartig vor ihm aufschäumte. Das Ohr auf die Gräser gelegt, hörte er die zukünftigen Blumen ihre Farben und Blüten besprechen, er sah Blätter, deren Form niemand vor ihm unter die Augen bekommen hatte. Vieles wurde ihm gezeigt an diesem Tag, vieles verschwiegen. Die Wurzeln der Bäume, die sah er nicht. Das war ihm nur recht, das Ende der Dinge machte ihm ohnehin keine Freude.

Die Schuhe

Meine Schulfreundin rief mich an, wir trafen uns an einer abgelegenen Tramhaltestelle, irgendwo am Rande der Stadt, in der wir beide, so hatte es der Zufall gewollt, Fremde waren. Unter dem Arm trug sie Bücher, die ich ihr vor Jahren einmal ausgeborgt hatte und die sie nun aus dem Keller holen mußte. Sie war schön, wie damals, als wir über die grüngelben Felder gelaufen waren und in der wohlig wärmenden Landschaft wie Glühwürmchen verschwanden, die erst am Abend, nach der ersten Dunkelheit zu ihrem Glanz kommen sollten.

Sie hatte die schöneren Röcke, ihre Mutter schickte sie ihr aus dem Ausland oder gab sie Leuten mit, die in der Nähe wohnten und bei denen die Sachen dann abgeholt wurden. Meist waren es bunte Stoffe, und die Schnitte entsprachen stets der neuesten Mode, waren also das, wonach sich alle Mädchen sehnten. Meine Röcke waren schlicht und praktisch und konnten mit ihren nicht mithalten. Auch die Schuhe der Freundin sorgten für Unruhe und Aufregung. Ganze Nachmittage sprach man über nichts anderes mehr. Ich selbst stimmte den staunenden Frauen zu, die ein »weltliches Leuchten« in den Schuhen sehen wollten. Dennoch hielt ich mich im Hintergrund, dachte an die unsichtbare Mutter, die genauso wie meine eigene irgendwo im Ausland arbeitete.

An einem der ersten Tage, da die Schuhe meiner Freundin Furore machten, passierte etwas, das keiner, auch meine späteren Gegner nicht, erwartet hatte. Die neue Errungenschaft wurde während der Unterrichtszeit gestohlen, und die Mitschüler beschuldigten mich erst heimlich, dann immer offener des Diebstahls. Dieses mit allen nur erdenklichen Unterstellungen gefütterte Gerücht hielt sich sehr lange. Die am häufigsten ausgesprochene Begründung lautete, ich sei von Anfang an eifersüchtig auf die schönen Schuhe gewesen. Das erschien später vor allem den Müttern noch am greifbarsten, denn sie stellten sich ein Kind, das ohne Eltern bei seinem Großvater lebte, sehr arm und von gemeinen Gefühlen geleitet vor. Sie versuchten dies daran festzumachen, daß sie mich dabei beobachtet hätten, wie ich dem allgemeinen Staunen nur aus der Ferne beiwohnte und nichts Mitfühlendes äußerte. An diesem ersten Vormittag, da die Schuhe wie in Luft aufgelöst schienen, lief ich weinend nach Hause und erzählte meinem Großvater, was geschehen war. Er winkte ab, sagte, das seien mediterrane Spiele, das werde vorbeigehen.

Aber es ging nicht vorbei. Schon am Tag danach kursierte das nächste Gerücht im Dorf, ich hätte die schönen Schuhe im Garten vergraben. Wie man darauf gekommen war, ist mir ein Rätsel geblieben, denn niemand wußte von meinem Geheimnis, Dinge, die mir kostbar waren, in der Erde zu verstecken. Erst später verstand ich es: Eine der Frauen, die täglich auf der Kirchenmauer saßen und takelten, hatte sich an einen meiner übermütigen Aussprüche erinnert. Lauthals hatte ich meinen Glauben an die Fruchtbarkeit der Erde bekundet und gesagt, ich läge zu Füßen der Erde wie die heilige Maria zu Füßen des Gekreuzigten. Die Frauen hatten damals die Augen gen Himmel verdreht, die Hände zum Gebet bereitgehalten, um mich zum Schweigen zu bewegen, weil sie meinten, ich wüßte nicht um meine Worte. Auch jetzt fragten sie mich aus. Was ist das Kreuz Christi, wollten sie von mir wissen, und als ich sagte, wahrscheinlich ein Stück Baum, das sich hatte brechen lassen und nun ein Kreuz sein mußte, vor dem sich alle fürchten, rechneten sie mein Schicksal jenen Unglücklichen zu, deren Platz vom Allmächtigen den ewigen Fegefeuern zugedacht worden war, und schützten ihre Kinder vor einer Begegnung mit mir.

Ich weiß nicht mehr, ob ich bei all diesen Gesprächen, die im Grunde keine waren, sondern vielmehr Wortwasserfälle aus erschrockenen Mündern, jemals etwas gesagt habe. Verstanden habe ich die Aufregung nicht, aber ein wenig unwohl fühlte ich mich doch, denn es stimmte, ich hatte das eine oder andere im Garten, in der Erde verschwinden lassen. Bücher, leere Plätzchenschachteln, Pferdehaar, trockene Hülsen langer Johannisbrotreste, mein kaputtes Haarband, Stifte und Vaters Füllfederhalter, eine verzierte alte Lampe, den abgebrochenen Flügel eines Schmetterlings und vieles mehr. Ich hoffte, daß auch sie wachsen und es dem Mais, den Kartoffeln und Tomaten gleichtun würden. Ich wäre versorgt gewesen und hätte mir aus der Erde eine zweite Mutter gemacht, die mir das schenkt, was meiner Freundin einmal im Monat aus dem Ausland zugesandt wurde. Aber die Schuhe? Ich hatte sie nicht vergraben. Vielmehr hatte ich die Worte, die den Schuhen galten, in mich hineingenommen, auf ein Stück Innenland, ja, sie fielen auf einen guten Grund und gediehen. Ihr Klang erhob sich über das Dorf. Ich malte mir aus, daß nur die Wörter eines Tages noch existierten, den wirklichen Schuhen der Schönen entrückt, dem glänzenden Leder, der Sohle, den glatten Riemchen und Schleifen, dem Fuß der Trägerin entlaufen in eine schwingende, weite Welt. Irgendwann, dachte ich, wenn man die Worte nach langer Zeit wieder hören sollte, würden sie eine Gedächtnismeile, ein Grenzstein der Zeiten geworden sein, ein Stück altes Leben, einsam vielleicht, vergangen, aber ein Name, der sich hinübergerettet und Platz in meiner Erinnerung gefunden hatte. Wäre es mir möglich gewesen, ich hätte auch diesen Namen in der Erde vergraben, hätte gewartet und geduldig über sein Wachstum gewacht.

Die Freundin sprach nicht mehr mit mir, denn nun glaubte auch sie, ich sei die Diebin ihrer Schuhe. Anfangs beteuerte ich ihr, sie nicht bestohlen zu haben. Aber sie glaubte mir nicht und ließ mich mitten in meinem unbeholfenen Reden stehen. Nichts half, ich war vom einen auf den anderen Tag als eine, die Schuhe stiehlt, ausgemacht worden. Mein wissender Blick habe mich verraten, man habe ihn von Anfang an bemerkt. Die Frauen klatschten in die Hände. Später erst ging mir auf, daß es das gleiche Klatschen war, welches sich nach einem langerwarteten Richterspruch einstellte, der die Verdächtigungen ums Schlimmste übertroffen hatte.

Ich huschte wie ein Schatten durch jenes bedrohliche Stimmengeschwader der sich immer heftiger verdichtenden Beschuldigungen, rannte, so schnell es ging, in die Schule, um von niemandem angesprochen zu werden, und bemühte mich, genauso eilig wieder nach

Hause zu kommen. Nach einigen Tagen waren auch meine Schuhe verschwunden. Geklaut oder versteckt, ich weiß es nicht. Jedenfalls fand ich sie nicht und machte mich barfuß auf den Heimweg. Das war auch der Sinn des Ganzen, meine Strafe. In der schwarzroten, vom Regen noch feuchten Erde unseres Gartens vergrub ich meine suchenden Hände. Die Schuhe fand ich nicht. Ich bleibe auf der Suche, aus jeder fremden Stadt kehre ich noch heute mit einem neuen Paar nach Hause zurück. Gärten findet man schon lange nicht mehr überall, das ist das Aufwendige daran, es erschwert die Suche.

Meine Freundin erinnerte sich nicht mehr genau an das Geschehene. Sie sagte, ja, da war doch etwas, Mutter habe ihr immer so vieles geschickt. Sehr bald verabschiedeten wir uns voneinander, man werde sich sehen, sagten wir uns, Postkarten schicken, von irgendwoher. Wir wünschten uns schnell noch Gesundheit, das ist bei uns ein alter Brauch, das kann niemandem, nirgendwo schaden. Ich ging in Schweigen gehüllt zu meiner Tram und war mit meinem Wissen wieder allein.

Im Hinterland des Spiegels

Die Jahre der gläubigen Augen und steten Augustsommer formten sich in meiner Erinnerung zu einer großflächigen Seifenblase. Noch immer wird sie durch die Lüfte getragen. Wie eine Verlorene auf stürmischer See sieht sie ihrer Rettung entgegen, ihrer Bergung an Land, von wo sie in jene Bilder wandern würde, die sich Schicht für Schicht in den Windungen unserer Gedächtnisse ablagern. Ein solches Bild war für mich der alte Spiegel.

Wann nur kamen die Gedanken an ihn zurück, wann nur begriff ich, daß ich in jener vertrauten, von braunen Sprenkeln durchsetzten Fläche mein Gesicht nach Unebenheiten abgesucht habe? Es gab eine Stelle, sie befand sich in der Höhe meines Mundes, die besonders stark von kleinen Rissen, fast waren es Einkerbungen, geprägt war. Wenn ich lange genug meinen Kopf hin- und herbewegt hatte, erzielte ich ein wunderbares und in gleichem Maße geheimnisvolles Ergebnis. Mein Mund wurde größer. Auch die Nase paßte sich dem länglichen Schnitt im Spiegel an und sah plötzlich fein und schmal aus. Wann immer sich mir die Gelegenheit bot, ging ich zum Spiegel und suchte mich in den narbigen Falten, die sich im Laufe der Jahre über das glatte und undurchdringliche Silber gelegt hatten. Was befand sich dahinter?

Manchmal zog ich mit den Fingern meine Augen zu den Wangenknochen hinunter, in die Schläfen hinein. Die Fremdheit erschreckte und verlockte mich, sie war ein Versprechen. Der Spiegel öffnete mir seine Türen, vor allem dann, wenn ich mit ihm sprach. Dort, in seinem Bauch, sah ich mich und die anderen so, wie ich sonst niemals sehen konnte. Ich schaute in Abgründe des Spiegels, in die ich von Anfang an hineingeraten war. Ich verharrte hinter den versteckten Türen. Sie blieben weit aufgerissen, und heute noch, an Tagen der Kraft, steige ich durch ihren Rahmen hindurch, als durchschritte ich ein Veilchenbeet vor Palmsonntag und sammelte den lila Flor ein, pflückte ihn für die alljährlichen Gesichtsbäder im alten Lavabo, das direkt neben meinem Spiegel abgestellt und jeden Morgen mit heißem Wasser gefüllt wurde, wenn das Brot schon im Ofen war und die Vögel mit ihren ersten Liedern begannen.

Was ich damals im Hinterland des Spiegels fand, hat sich in jene flimmernde Seifenblase gerettet, die immer noch ein Leuchten in sich birgt, als wäre sie die Mutter des Lichts, die Königin des Hellen. Eines Tages kippte der Spiegel nach vorne und zerbrach auf den weißen Fliesen. An den aufgesprungenen Stellen blitzten die Konturen meines erschrockenen Gesichts auf. Das Gesicht lebt heute noch in den Sprüngen. Es zieht sich an ihnen entlang wie ein immergrüner Laubwald in Meeresbuchten und Flußmündungen tropischer Gebiete. Diese Mangrovenküste fängt mich auf, meine Augen, meine Nase, meinen Mund. Die Wurzeln der Mangroven und der Schlick, der sich in ihnen verfängt, stehen mir nicht im Wege. Ich durchdringe die tropische Küste und suche die Bilder hinter den Schründen. Ich stehe da, geduldig, und schaue durch die Glätte aller Spiegel hindurch, dringe zu den Sprüngen vor. Dann renne ich hinein, in den Spalt, in die Membran der neuen Lücke.

Was sich hier auftut, gleicht einem goldenen Tag in den Jahren meiner von Sonne durchtränkten Kindheit. Die Menschen leben wie eh und je, das Korn, der Weizen, ich sehe die begrannte und unbegrannte Ähre, tiefgelb, lebensgelb zeigt sie sich meinem alternden Auge, in dem sich die Süßgräser der Sehnsucht eine gute Nacht und einen guten Morgen wünschen. Wie Salinenfelder reihen sich die Tage aneinander, und Mutter fällt mir ein, taucht auf mit großen, edlen Wangen, die rot sind und in Liebe. Sie ängstigt sich um mich, ruft mir zu: Komm heraus, fern sind die Länder deines Spiegels. Sie weint und putzt sich die Nase. Ich antworte nicht und verharre in einer Stille, die nicht die ihre ist. Löcherne, alte, gräßliche Stille, sagt sie, warum vergibt sie mir nicht.

Auf meinen Reisen sehe ich viele Frauen, und auf allen Wangen strahlt das Rot meiner Mutter. Auch in der größten Stille denke ich plötzlich an sie. Ihre Furcht teile ich nicht, ich pflanze mich ein in eine sattgrüne Erde, wo ich wachse und lebe, als sei ich ein Baum. Ich habe keine Angst, Kinder zu gebären. Sie, meine Haarfrau, hat ihre eigene Erde, ihren eigenen Ruf, Nähgarn in den Wörtern der Winde. Sie folgt diesem Ruf, so wie ein verzauberter Vogel dem Geheul eines mondsüchtigen Wolfes folgt. Ich schreibe ihr Briefe und erzähle von Meeren, Bergen und Tälern, von Städten, Schornsteinen und Dächern. Ich male ihr die seltensten Gewächse auf und erfinde Namen für sie. Ich zeichne das Kelchblatt, den Flügel, den Griffel, das Schiffchen und bringe die Staubblätter jeder Lupine zum Fliegen. Gefingerte Blätter und ährige Blüten sind meine Grüße an

Mutter, aus den Ortschaften und Sonnen, hinter dem Riß, von der anderen Seite, hinter dem wortlosen Glänzen des vertrauten Spiegels.

Mutter schreibt nie zurück. Aber ich horche in das gewässerte Grün meiner Träume hinein, in das Grün der Felder, und ganz tief, im zuletzt geschichteten Erdreich, sehe ich die vor Jahren hinterlassenen Spuren ihrer alten Füße. Sie laufen auf diesem Lebenssand, bleiben stehen, warten auf einen verwandten, leichtfüßigen Spurensucher, der sich ihrer annimmt und in ihnen liest wie in einem alten, abgegriffenen Buch.

So folge ich diesem Staunen, das sich im verwundeten Hautleben wiederfand und dort sah, was es in der Kindheit an den Spiegel verlor, der mit seinen Scherben alles mitnahm und an die Seifenblase weiter verschenkte, die durch ihr Glänzen so rasch und so schmerzlos bestach. Eine Zeit war angebrochen, die keine Zeit mehr war, sondern ein Rauschen und Schlittern durch Bilder, Reisen und Wohnen in den Gebäuden, die von den Säulen jener Zukunft gehalten wurden, die keine Zukunft mehr war. Eine Sehnsucht, etwas, das niemals vorbeigeht, lebend in Häusern fremder Art.

Lore, die Dichterin

Du schaust in den Himmel, über die Bäume hinweg. Und da kommt dir die Wirklichkeit vor wie ein Gemälde. Du schaust ein Gemälde an, über die Pinselstriche hinweg. Und da kommt dir das Gemälde vor wie die Wirklichkeit.

Immer, wenn Lore von ihrem Gesicht sprechen will, verspricht sie sich. Sie sagt, mein Gedicht, und verdreht die Augen. Sie hat es wieder verwechselt, das Gesicht und das Gedicht. Lore dichtet. In einem Winter hat sie über zweihundert Gedichte geschrieben. Auf Steinen, an Autotüren, im Bett, um vier Uhr in der Früh, in der Badewanne, mit nassen Fingern. Sie schaut immer auf den Himmel, und sie schreibt über den Himmel. Alles, was mit dem Himmel zu tun hat, wirkt auf Lore magisch.

Der Himmel ist Magie, sagt sie und guckt und guckt ihn sich an. Dann erfindet sie Namen für sein Blau und für das Weiß der Wolken. Sie schreibt Gedichte über das Fliegen und Reisen. Das ist auch eine Art Himmel, sagt sie. So steckt sie die Grenzen immer weiter, für ihren Himmel, und die Gedichte, die sie schreibt, handeln von Vögeln, Dolchen und Augen. Es ist schön, mit seinen eigenen Augen zu sehen.

Lore ist immer allein. Sie denkt sich den Himmel aus, sagt sie und schließt ihre Türen ab. Aber was nützt Lore der Himmel, wenn es niemanden gibt, mit dem sie ihn sich anschauen kann. Und keiner die Gedichte liest.

Eines Tages macht Lore ihre Fenster und Türen auf, guckt raus und sagt, mein Gesicht ist ein corpus separatum, und schaut auf die Erde. Sie fängt an, Gedichte zu schreiben, über das Gehen und das Werden. Sie betastet mit ihren Fingern das Rot der Felder und rennt über das Land wie ein neugeborenes Tier. Es macht Spaß, Lore beim Leben zuzusehen.

Eines Tages guckt Lore wieder in den Himmel hoch. Es ist ein schöner Anblick, das Blau, die Weite und das Licht machen ihr Freude. Dann schaut Lore abwechselnd den Himmel und die Erde an. Zu Hause schreibt sie ein Gedicht über das Gehen und Sehen, den Himmel und die Erde.

Irgendwann macht Lore keine Unterscheidung mehr zwischen Oben und Unten. Sie ist eine Kugelbewohnerin geworden. Aber Gedicht und Gesicht bringt sie noch durcheinander und verdreht die Augen, wenn sie anstelle des einen das andere Wort gesagt hat.

Die Fischersfrau und die Toten

Die Toten kommen in deinen Träumen wieder. Sie holen sich die Erinnerung deines Auges zurück. Sie rauchen Zigaretten und schwenken Hüte, als seien sie eben noch über den Marktplatz gelaufen. Sie erscheinen dir in ihrer alten Größe und Statur, und sie bitten dich um Geld. Wenn du ihnen nichts gibst, stirbst du einen schrecklichen Tod. Dabei wollen gerade sie dich vor einem solchen Tod bewahren. Nicht ihretwegen stirbst du so dahin, sondern deinetwegen. Und du stirbst nicht gleich, das nicht. Aber wenn es soweit ist, wirst du dich der Toten erinnern. Mehr wollen die Toten ja nicht, sie wollen nur, daß man an sie denkt. Sie verraten dir das Geheimnis des Lebens, wenn du sie nicht vergißt.

Die Fischersfrau geht jeden Tag zum Friedhof. Sie wäscht sich ihre Hände und trocknet sie an der grünen Blumenschürze ab. Das Haar flicht sie zu einem Zopf, den sie um den Kopf herumbindet. Sie holt die dicken roten Kerzen aus der Kredenz und geht zum Friedhof. Sie betet und betet. Bis der Vormittag vorbei ist. Die Leute aus unserer Straße sagen, die Fischersfrau sei eine ängstliche Frau. Sie sprechen leise über sie. Immer haben sie etwas an ihr auszusetzen.

Der Junge des Brötchenbäckers stellte ihr einmal auf dem Marktplatz ein Bein. Die Bauern von den Nebenständen haben gelacht. Der Junge ist weggerannt, weil er Angst hatte, daß die Frau ihn erkennt. Die Fische sind nur so herumgeflogen. Die Fischersfrau lag zwischen den länglichen Köpfen der Fische, deren Augen so aussahen, als lebten sie noch. Aber das haben sie nicht getan. Es ist mit den toten Augen der Fische das gleiche wie mit den Toten selbst: erst wenn man glaubt, sie leben, dann leben sie.

Die Fischersfrau fürchtet sich nicht vor den Toten. Sie ist auch sonst nicht ängstlich. Ihr Mann ist gestorben, aber schon zu seinen Lebzeiten hat man von ihr als der Fischersfrau gesprochen, weil sie schon immer eine gewesen ist. Sie fährt nachts aufs Meer hinaus, wirft ihre Netze über das honigglatte Wasser und kümmert sich nicht um das Gerede in unserer Straße. Der Himmel ist dunkelblau, und die Sterne mimen Gesichter, wenn die großen Kanister sich mit Seeneunaugen, Karpfen, Zander und Aal füllen. Das Fischerboot drückt sich in den Bauch des Meeres. Die kleine Öllampe wird in den frühen Morgenstunden dann und wann vom Wind ausgeblasen. Die Fischersfrau hat vergessen, sie auszupusten, weil sie zu müde war. Ihre Barke ist oft nicht zu sehen, so viel Fisch hat sie in der Nacht gefangen. Am Nachmittag verkauft sie ihn. An den Vormittagen nimmt ihr der jüngste ihrer vielen Neffen die Arbeit ab.

Die Toten kommen oft zur Fischersfrau. Obwohl sie sie bezahlt. Es ist, als hätten sie einen Narren an ihr gefressen. Die Leute aus der Straße fürchten sich vor ihr, aber noch mehr fürchten sie sich vor den Toten. Sie gehen in die Kirche und geben dem Pfaffen Geld, bitten ihn, er möge die Toten bezahlen und ihnen zu Ehren eine Messe lesen. Und sind dennoch nicht beruhigt. Sie wissen, die Toten kommen so oder so. Wie Lakaien stehen sie sonntags an ihren Gartenzäunen und warten, daß es Nachmittag wird und die Messe vorbei ist. Ihre Gesichter gleichen krausem Laichkraut, ganz verschrumpelt ziehen sich die Rinnen der Haut durch ihre alten Körper.

Keiner von ihnen hat Lachfalten, niemand wird alt mit einem Lächeln im Gesicht. Ihre Häuser ziehen sich in die Länge und sind Lahnungen nachgebaut, schmalen Wegen nachgeahmt, niedrige dammartige Bauwerke auf dem Watt. Unter ihren Füßen ist Erde, Buschwerk und Holz. Sie glauben noch immer, dem Meer etwas Land abgewinnen zu können, und haben ihm schon das größtmögliche Stück Ausbuchtung gestohlen.

Sie bauen Dämme und wissen selbst nicht mehr, wozu. Sie haben alles, was sie brauchen. Trotzdem bauen sie Dämme, als hieße die Erde gar nicht Erde, als sei sie ein Perserteppich, den man auseinanderweben, zum Wandteppich umweben und ausnehmen kann wie einen Fisch. Und sie schneiden aus dem Teppich sternförmige und ovale Mittelstücke heraus, vernähen kaukasische, iranische, türkische Läufer, schneiden das Beste entzwei, reißen es aus, wie das Herz eines lebenden Tiers. Sie riechen nach Blut, sagen aber, daß sie nicht wissen, was das ist, ein totes Tier. Dabei essen sie Fische, Ziegen, Lämmer.

Die Fischersfrau hat gehört, daß es ein Land geben soll, in dem eine Strafe Todesstrafe heißt. Sie denkt, daß sei jene Strafe der Toten, die auf alle wartet, auf alle, die die Toten nicht bezahlen. Aber als sie hört, daß diese Strafe in dem fernen Land ein Gesetz ist, versteht sie gar nichts mehr. Es verwirrt sie, daß diese Strafe vollstreckt wird und nicht über die Menschen kommt, so, wie Strafe eben kommt. In unserer Straße erzählt sie den Nachbarn von diesem Land, aber keiner will etwas davon gehört haben. Ein solches Land könne die Fischersfrau sich nur ausgedacht haben, flüstern sie einander zu, wenn sie sich von ihnen entfernt hat.

Die Fischersfrau versteht das fremde Land nicht. Ihre Toten verlangen nie nach dem Gesetz, sie verlangen nach Liebe. Sie wünschen sich Augen, die sie, die Toten, anschauen, auch dann, wenn ihre Körper nicht mehr da sind und man nur vermuten kann, wo sie sich gerade aufhalten.

Dieses Mal geht die Frau schon am Abend zum Friedhof, bindet ihren Kahn fest und geht die Toten rufen. In der Tasche hat sie Schnaps, Bohnenkaffee und eine Jägerfigur aus Holz. Sie legt das Mitgebrachte an das gußeiserne Eingangstor und nimmt das Kopftuch ab. Sie breitet die Arme aus und wartet auf den üblichen Regenschauer, den die Toten ihr schicken. Bald spürt sie die ersten Tropfen auf ihrer Haut. Sie ruft und ruft, und die Toten kommen einer nach dem anderen und gehen wieder. Jeden fragt sie nach dem fernen Land, in dem es eine Strafe des Todes gibt, eine Strafe, die von den Lebenden vollstreckt wird.

Aber auch die Toten haben nichts von diesem Land gehört. Sie selbst sorgen ja immer dafür, daß die Strafe über die Menschen kommt. Nicht als Zurechtweisung oder aus Bosheit. Eher wie ein kleiner Stromschlag. Auch Tote sind eitel. Sie wollen ja nur, daß man sie nicht vergißt. Und von Gesetzen, von Gesetzen wissen sie nichts.

Der Flaum des Sommers

Damals, als der Sommer sich seinem Ende zuneigte, schwebten die abendlichen Schatten über dem Tal. Niemand kümmerte sich mehr um die Ernte. Das Zittern der Lupinen lenkte das Auge aufs Kleine, die eigene Hand. Der Blick erhob sich über die Bläue der Blumen und war auf der Suche nach einem Ort, von dem aus es dem Betrachter möglich gewesen wäre, diese heimatliche Gegend zu verlassen und anderswo ein anderer zu sein. In den Niederungen der Baumwipfel schnatterten die Vögel, jemand ging vorbei und verschwand im schattenbesetzten Licht der großgewachsenen Blätterkrone. In der Nacht zum sechzehnten August roch es nach Pilgerschweiß, Mariä Himmelfahrt war vorüber. Die Gläubigen zog es in die Berge zurück, die Frauen bekreuzigten sich im Namen des Herrn, die Kinder spielten an den bunten Kettchen, die sie am Tag zuvor auf dem Markt von den Eltern erbettelt hatten. Der Oleander wiegte den Sommer in den Schlaf. In die wohlgeformten Glocken seiner Blüten legten sich die weitgereisten Wanderfalter hinein, deren glitzerndes Grün einen Kontrast zum blauen Himmel bildeten.

Leichte Winde kamen auf und bewegten die feinen weißrosa und roten Blätter des Ölbaums. Das Surren der Bienen am bräunlichen Limonadenglas, das Singen der Zikaden, das Huschen der Salamander im trockenen Gras füllten die Tage aus. Barfüßig lagen die Kinder auf der Wiese und weinten mit dem kranken Kirschbaum, warfen die bitteren Mandeln fort, kannten keinen Schmerz und keine Teilung, lachten, fanden sich einen Platz im Maisfeld, wann immer ein Gefühl sich in die Länge zog. In die Ruhe der Nachmittage fielen Worte verliebter Mädchen, die die Straße an ihrem oberen Ende abliefen in der Hoffnung, auf ihren Liebsten zu treffen. Der ferne Hufschlag der Pferde kam näher, und auf dem alten Holzwagen saß der Nachbar, der sich vorbeugte und in verschwörerischem Ton über die Undankbarkeit seiner Kinder sprach, wenn er vom knarrenden Sitz heruntersprang und seine harte, von tiefen Rissen durchzogene Hand auf das Tor legte. Es war schwer, ihm ein Glas Wasser zu reichen, ohne ihn dabei zu berühren. Als fragte er nur deshalb nach einer Erfrischung, um berührt zu werden. An der Kalkmauer schimmerten die Weißdornblüten. Die Hufschläge der Pferde verloren sich im sommerlichen Nichts dieses Nachmittags.

Lange kam niemand mehr vorbei. Die Luft stand, das Meer war zu erahnen, die Tiere auf der Weide. Eine Tante sprang ins Haus, besah sich die Schlafecke des Großvaters in der Küche, schimpfte über so viel Altbewährtes. Wo es das heute noch gäbe, ein Bett in der Küche. Sie schnaubte wie ein alter Elefant und öffnete den Kleiderschrank der abwesenden Mutter, suchte sich Handtücher, Röcke, Pelzkrägen heraus. Dann verschwand sie hinter dem Sommerhäuschen. Ihre Füße schwebten über die von Steinen und Büschen übersäte Ebene davon. Mit der linken Hand griff sie sich an die Stirn, zog mit den Fingern das verrutschte Kopftuch zurecht, stellte die vollbeladene Reisetasche ab und sah in das Dickicht der ummauerten Gärten. Auch hier blühte der Weißdorn. Die Blütenstände ruhten prall in der Sonne. Die grünen Flecken glichen Vögeln, die sich in den Staubblättern des Weißdorns ausruhten. Das Verschwinden der diebischen Tante und die Stille, in der sie sich aus dem Zimmer des schlafenden Großvaters wegschlich, haben die Geschwister den Flaum des Sommers genannt.

Der Flaum des Sommers, das war das Ende der Unschuld. Hier nahm das Mißtrauen seinen Anfang, und der Verdacht, die Tante käme nur des eigenen Vorteils wegen, verfestigte sich. In den Gesichtern der Kinder sah man etwas, was vorher nicht da war, wie Milchschaum, den sie heimlich geschleckt hatten und der nun um ihren Mund herum weiße Spuren hinterlassen hatte. Erst wenn die Mutter nach Hause kam und in ihren Schrank schaute, wurden sich alle des Ausmaßes bewußt. Alles, was nur annähernd zu gebrauchen gewesen war, ist in die schweren Taschen der Tante gewandert. Niemand hat sich jemals getraut, ihr etwas zu sagen.

Das losgelöste Flattern der weißen Wolken, es war das Ende ihrer Kindheit. Es kam ihnen nicht in den Sinn zu trauern. Wozu, etwas Neues würde kommen. Als der Großvater starb, las man den Kindern sein Testament vor. Er hatte ihnen nichts vermacht, die Gärten, die Felder mit den Lupinen, es gehörte ihnen nichts. Die Tante war die alleinige Erbin. In ihrem Haus ist er auch gestorben, nachts, alle schliefen in fernen Ländern einen abwesenden Schlaf. Sie hatten vergessen, daß der Großvater zwar nicht schreiben konnte, aber doch einmal, wahrscheinlich noch vor dem Krieg, seinen Namen gelernt hatte, der unter den wichtigen Dokumenten, wackelig und unbeholfen, immer zu lesen war. Erst der Daumenabdruck, als Zeichen seines Einverständnisses ins Testament gesetzt, machte die Kinder stutzig. Das Gericht schlug ihnen eine familiäre Einigung vor. Vor dem Haus stand der Oleander, und hinter dem Tor, an der Kalkmauer, schimmerten noch immer die Weißdornblüten. Jene fernen Jahre des Selbstvergessens waren den Kindern abhanden gekommen. Es gab ein Erinnern an die grünglitzernden Falter, bis einer von ihnen dann alles vergaß und Stunde um Stunde vor dem Haus sitzend zubrachte, ohne zu wissen, warum.

Inhalt